강령술사

FUSION FANTASY STORY & ADVENTURE

정은호 퓨전판타지 장편소설

4

dream
books
드림북스

강령술사 4

초판 1쇄 인쇄 2015년 5월 22일
초판 1쇄 발행 2015년 5월 29일

지은이 정은호
발행인 오영배
책임편집 편집부

펴낸곳 (주)삼양출판사 · 드림북스
주소 서울시 강북구 도봉로 173
대표 전화 02-980-2112 **팩스** 02-983-0660
출판등록 1999년 3월 11일 제9-00046호

© 정은호, 2015

ISBN 979-11-313-0317-7 (04810) / 979-11-313-0313-9 (세트)

드림북스는 (주)삼양출판사의 판타지 · 무협 문학 브랜드입니다.

강령
술사

4

정은호 퓨전판타지 장편소설

FUSION FANTASY STORY & ADVENTURE

dream books
드림북스

목차

Chapter 1

고른 백작가에서의 나날

"흐음! 맑은 하늘이군요! 그렇지요, 주인님!"

제이크가 호기롭게 외치며 가슴을 탕탕 쳤다. 그의 몸에선 구슬땀이 흐르고 있었고, 더운 열기가 뿜어져 나오고 있었다.

그리고 그의 옆에 주저앉아 있는 한 사람.

경식은 그런 제이크의 말에 동의해 줄 수가 없었다.

"……파란 색이 아니라 노란 색인데요."

하늘은 파랬지만 적어도 경식의 눈에는 노란 색이었다. 그만큼 그의 신체가 한계에 다다랐다는 말이었다.

"뭐 이런 무식한 수련이 다 있어요?"

정말 무식한 수련이었다. 하지만 제이크는 자신 있게 가슴을 탕탕 칠뿐이다.

"여기 있습니다! 소울 에너지 수련은! 아직 반복 학습의 연속이지요!"

"아이고…… 아이고오……."

그렇다. 지금 제이크는 경식에게 소울 에너지 수련법을 가르쳐 주고 있었는데, 그 방식이 그야말로 무식했다. 단순 반복수업 그 자체였기 때문이다.

하긴, 처음 경식이 소울 에너지를 발현할 때도 그러했다.

제이크는 그저 경식이 배워야 할 기술을 시연한 뒤, 따라해 보라고 무조건 시켰었다.

공중에서 3단 점프를 한 후, 해 보라고 반복학습 시킨 것과 마찬가지다.

정말 무식한 방법.

하지만 웃긴 게,

'계속 하다 보면 되더란 말이지…….'

그러나 이건 비단 제이크의 교육 방침이 훌륭해서는 아니다.

역시나, 옆에서 쭉 지켜보고 있던 구미호가 경식에게 다가와 속삭였다.

[이게 다 네가 재능이 있어서 가능한 거야. 그러니까 제이크가 시연해 줄 때 잘 보고, 따라해 보려고 노력을 해.]

'아이고 말이 쉽지⋯⋯.'

하지만 아예 못 알아들을 정도는 아니었기에, 보는 것만으로도 도움이 되긴 했다.

결국 하지도 못하던 기술을 반복학습 끝에 흉내라도 내게 되긴 했으니 말이다.

'내가 재능이 있긴 있나 보네.'

왠지 기분이 좋아졌지만, 제이크의 마지막 말에 다시금 침울해졌다.

"다시 보여드리겠습니다! 보고! 따라하시면 됩니다!"

"끄응."

경식의 한숨을 끝으로 제이크가 앞으로 나오더니 눈을 부릅떴다.

"소울 에너지를 담는 그릇. '소울베슬'은, 당연하지만 육체입니다. 그리고 소울 에너지가 꽉 차게 되면 육체는 변화하게 되지요! 그것을 에리오르슈 가문에선 '바디 체인지'라고 합니다!"

'으음, 환골탈태 같은 건가 보네.'

무협 소설에서 자주 보는 환골탈태. 그것이 바로 제이크가 말하는 '바디 체인지'였다.

"바디 체인지를 하게 되면, 소울 에너지는 2단계를 사용할 준비를 끝마치게 됩니다. 1단계의 완성이지요."

"몇 단계까지 있나요?"

제이크는 식 웃으며 손가락 3개를 펴 보였다.

"소울베슬은 총 3단계까지 있습니다. 2단계 때는 주변의 소울 에너지를 강제로 빨아들일 수 있게 되고, 3단계 때는 자신의 소울 에너지에 인격을 부여하여 심벌에 넣어놓고, 원하는 때에 바깥으로 토해 낼 수가 있게 되지요."

"그럼 제이크는 몇 단계인가요?"

제이크가 마찬가지로 손가락 3개를 펴 보인다.

"3단계까지 갔습니다만, 지금 소울베슬은 2단계입니다. 3단계까지 개화하면, 그때 입었던 상처가 벌어지고 말 것이기 때문이지요. 교단에서도 저를 쫓을 테고……."

제이크는 '그때'라는 의미 불분명한 말을 꺼내며 이맛살을 찌푸렸다.

"으음. 아무튼 그렇습니다."

"소울 에너지에 인격을 부여한다라…… 인격이라는 건 무엇을 뜻하나요?"

"제 경우엔 소울이터가 심벌입니다."

경식의 눈이 커졌다.

"그렇다면 소울 에너지에 부여된 에고라는 게 혹시……?"

"맞습니다. 로열티입니다."

로열티. 초록 눈동자의 유령마.

그것이 바로 제이크가 뿜어내고 있는 소울 에너지의 자아라고 말하고 있었다.

"신기하네요."

"곧 그렇게 되실 겁니다. 3단계까지 가시면, 어떤 자아가 형성되어 있건 그것을 바깥으로 발출할 수 있게 되실 겁니다. 바로 3단계의 완성이지요."

"흐음."

정리하자면 이러했다.

소울 에너지에도 급이 존재하고, 그것이 1단계 2단계 3단계이다.

1단계는 소울 에너지의 발출.

2단계는 주변 소울 에너지의 흡수.

3단계는 소울 에너지에 자아가 생기고 그것을 물건에 부여할 수 있는 단계다.

그리고 각 단계를 올라가려면 환골탈태를 한 번씩 해야 한다. 3단계까지 경식은 2번의 환골탈태를 거쳐야 한다는 말이었다.

"그럼 제이크는 환골탈태를 2번 거친 거네요?"

"그렇습니다! 예전의 저는 이렇게 멋지고 아름다운 근육을 갖지 못했었지요! 이게 다 근성의 결과입니다!"

울끈불끈!

온몸의 근육이 열댓 마리의 구렁이가 꿈틀거리듯 역동적으로 움직인다.

그것을 보며 경식이 침을 꿀꺽 삼켰다.

'아니야, 저건 3단계가 돼서 저런 게 아니라 그냥 타고난 걸 거야. 난 저런 몸을 갖기 싫어!'

경식이 그런 생각을 하고 있는데, 제이크가 시연을 해 주겠답시고 눈을 다시금 부릅떴다.

"흐압!"

사아아아아아.

곧 갈색의 아지랑이가 제이크의 몸에서 뿜어져 나왔다. 그리고 그 아지랑이가 제이크의 주먹을 감싸더니, 휘두른 주먹에 맞춰 뿜어져 나왔다.

말 그대로 장풍!

쾅!

눈앞의 벽이 가루가 되어 부서졌다.

"우와아."

언제 보아도 대단한 기운이었다.

제이크가 씩 웃었다.

"해 보십시오!"

"아니 하란다고 될 리가……."

될 리가 없다고 생각하며 무조건 해본 지 어언 일주일이 지난 지금, 이미 경식의 손끝에는 보랏빛 아지랑이가 밝은 빛을 발하고 있었다.

온몸의 소울 에너지를 손아귀에 집중하는 것까지는 경식도 할 줄 아는 것이었다. 이렇게 된 직후에 주먹을 휘두르면, 쾅! 하는 소리와 함께 바위가 산산조각으로 부서진다.

하지만 머금고 휘두르는 것과 쏘아내는 것은 엄연히 다른 것.

"끄으으으! 끙끙그그그극!"

경식은 눈을 부릅뜨고 자신의 검지에 온 힘을 집중했다. 주먹에 머물러 있던 보랏빛 기운이 점점 검지 쪽으로 이동했다.

손목에서 손바닥 중간까지 기운을 내몬 경식이 한숨을 푹 내쉰다.

여기까지는 어제의 경식도 성공했었다.

"힘내십쇼!"

"흐아아아아!"

경식이 눈을 부릅뜨며 힘을 주자, 손바닥 중간까지 몰렸던 보랏빛 기운이 손가락 시작 지점까지 내몰렸다.

[경식아, 조금만 더. 더 힘내, 더!]

"하이짜아아아아!"

다섯 개의 손가락에 고루 분포되던 기운이 점차 검지로 몰려갔다. 그러자 말 그대로 검지에 멍이 든 것처럼, 보랏빛 기운이 진하게 자리 잡혔다.

"더, 더 이상은……!"

"으음!"

한계를 느낀 경식이 비명을 질렀고 그걸 본 제이크가 거대한 손으로 경식의 검지를 꽉 쥐었다.

콰광!

치이이이익.

보랏빛 연기가 제이크의 손가락 사이로 빠져나와 하늘로 올라갔다.

마치 수류탄처럼, 탄피가 사방으로 번지기 전에 제이크가 감싼 덕에, 그의 손만 타격을 입게 한 것이었다.

"괜찮아요?"

제이크는 손바닥을 보이며 씩 웃었다.

손바닥은 그을린 흔적만 있을 뿐 비교적 멀쩡해 보였다.

"많이 좋아지셨습니다!"

"그건 그렇지만…… 어휴! 한 번도 성공을 못했네요."

"응용법은 다 아시는 겁니다! 이제 시간과의 싸움이겠지요."

"아 그런가요?"

"지금 주인님의 몸은 이미 바디 체인지를 하는 중입니다.

그것을 더욱 촉진시키기 위한 수련이기도 하지요!"

요컨대, 경식의 몸은 이미 환골탈태를 하는 과정 중에 있다고 말하는 듯했다.

"제가 지금 환골……아니, 바디 체인지인가 뭔가 중이라고요?"

"그렇습니다. 병아리가 알에서 깨어나려면 부리로 알의 껍질을 부숴야만 하지요. 지금 주인님께선 껍질을 부수고 계신 겁니다!"

"병아리……아니, 아직은 알 단계라는 건가."

경식은 자신의 손을 바라보며 고개를 서서히 끄덕였다. 제이크의 말이 완벽하게 이해가 간다.

"그럼 그 알 빨리 깨야겠네요."

"그렇습니다. 내일도 이 시각에, 잘 부탁드립니다!"

"저야말로 잘 부탁드려요!"

이로써 제이크와의 수련시간이 끝이 났다.

"휘유!"

"엎히십시오! 좀 수월하실 겁니다."

부축도 키 높이가 얼추 맞아야 받을 수 있는 것. 엎히는 게 제이크가 덜 힘든 길이란 걸 경식은 이미 알고 있었다.

"움직이기도 힘드시지요!"

"네……."

"소울 에너지라는 게 참 기묘해서, 역량을 키우려면 한계까지 부딪쳐야 합니다. 그래서 전투 때보다 수련 때가 더욱 힘이 들지요. 가장 몸이 취약해지는 때 역시 수련을 할 때입니다. 그때 습격을 받지 않도록, 이 제이크가 목숨을 바쳐 주인님을 지키겠습니다."

"아하하…… 그것참 진부하고도 고마운 말이네요."

경식이 그리 웃으며 그대로 제이크에게 업혔다.

두 남자와 한 혼령은 그렇게 연무장을 빠져나왔다.

*   *   *

그 뒤로는 평소와 같은 만찬이 펼쳐졌다. 갖가지 음식들이 거대한 직사각형 식탁에 놓여 있었고, 그것은 아무리 자제하려 해도 자제할 수 없는 맛을 지니고 있었다.

'뷔페에 온 것 같아.'

갑자기 한국 생각이 나서 뭉클할 지경이다.

경식은 가까이에 있는 것부터 이것저것 집어먹었다. 고기 하나를 입에 넣고 씹는 순간에도 다른 음식을 찾아 헤맬 정도로, 그의 식성은 대단해져 있었다.

사실 경식이 이렇게 먹게 된 것은 최근이다. 경식의 먹성은 좋지도 나쁘지도 않은 정도였는데, 최근 들어 계속 음식이 입

속으로 흡입되듯 들어가는 것이다.

옆에서 보고 있던 슈아가 한숨을 푹 내쉬었다.

"남의 저택에 얹혀 생활하면서 오라버니도 참 배포가 좋아."

뜨끔!

아주 약간 뜨끔하긴 했다. 하지만 그것은 잠시일 뿐, 그는 포크질을 멈추지 않았다.

나름 당당했다.

왜냐면 옆에서 자신보다 3배는 빠른 속도와 양으로 폭식을 하고 있는 이가 존재했기 때문이다.

바로 제이크였다.

으적. 으적적적!

제이크는 말 그대로 음식을 '마시고' 있었는데, 그 모습이 참으로 복스럽게 보인다.

먹방의 정석이다.

과연 그것을 입 쩍 벌리고 바라보고 있던 고른 백작이 씩 웃으며 엄지를 추켜세웠다.

"너무 걱정 말게! 비록 우리 영지가 전쟁이라는 홍역을 앓기는 했지만, 재정이 그리 부실하진 않으니 말이야. 게다가 소 한 마리를 잡아도 처치곤란일 때가 많았는데, 이렇게 잘 먹어주니 좋지뭘!"

그 말에 모두가 고개를 끄덕였지만, 경식은 살짝 이해가 가지 않았다.

"소 한 마리를 잡아도 처치곤란이라뇨?"

"그러엄. 처치곤란이지. 덕분에 나도 오랜만에 고기를 맘껏 먹을 수 있지 않나."

고른 백작이 그리 말하며, 스테이크를 썰어 입 안에 집어넣고 만족스러운 표정을 짓는다.

"백작님께선 돈이 많으시니 매일 스테이크를 먹을 수도 있잖아요?"

"꼭 그렇지도 않네. 내가 스테이크 하나 먹자고 소 한 마리를 잡으면, 나머지 소는 누가 먹는단 말인가?"

"그거야 냉장고에……."

[여긴 냉장고가 없잖아, 바보야.]

그렇다. 이곳엔 냉장고가 없었다. 그러니 백작이 소고기가 먹고 싶어지면 소 한 마리를 잡아야 한다. 아무리 열심히 먹는다고 해도, 고른 백작 한 명이 먹는 고기의 양은 전체 소의 5퍼센트도 되지 않으리라.

그렇다면 나머지 95퍼센트는? 저택의 식솔에게 나눠주는 것도 방법이지만, 아무리 그렇게 배불리 먹어도 반 이상이 남을 것이다. 그렇다고 이것을 영민들에게 나눠주는 후한 처사를 할 수도 없는 노릇. 영민들에게 고루 나눠주려면 소 반 마리가 아니라 한 마리도 한참 모자라다.

그런 와중에도 고기는 썩어가고, 그렇다고 보존 마법을 걸자니 마법사들 인건비 때문에 배보다 배꼽이 더 커진다. 그러니 고기가 먹고 싶고, 그럴 수 있는 능력이 있어도 먹기가 꺼려지는 것이다.

그런데 경식과 제이크가 거의 소 한 마리를 먹어치우니, 고른 백작도 마음껏 고기를 먹을 수 있었다. 그렇기에 이런 가공할 만한(?) 먹성이 반가운 것이었다.

그 사실을 안 경식이 슈아를 바라보며 어깨를 으쓱였다.

"그렇다는데?"

"……흥. 그래도 너무 많이 먹잖아. 도대체 왜 이렇게 많이 먹는 거야? 그게 다 들어가기나 해? 삼촌도 그게 다 들어가요?"

그 말에는 경식도 할 말이 없었다.

거짓말 조금 보태서 매끼 마다 자신의 몸무게 반을 먹는 것 같다.

그런데 돌아서면 배고픈 이 이상한 현실!

제이크 역시 마찬가지다. 덩치가 아무리 크더라도 한 끼에 이렇게 처먹는 건, 물리학상 말도 안 되는 일이다.

그런데 그걸 둘이서 해내고 있었다.

거기까지 들은 제이크가 씩, 이를 드러냈다.

"크하하하! 그것은 바로 소울 에너지 수련 때문이다!"

마나는 영혼이라는 꽃에서 뿜어져 나오는 향기다. 하지만 소울 에너지는, 영혼이라는 꽃을 만들어 내는 원천이다. 그 생명의 원천을 본격적으로 수련하고 있는 지금, 경식은 평소보다 많은 음식 섭취가 필요했다.

"사실 생고기가 더 도움이 됩니다만! 그건 음식에 대한 예의가 아니지요! 요리를 해서 먹을 수 있을 땐 요리를 해서 먹는 게 좋습니다!"

"비, 비위가 별로 안 좋아서 그건 못할 것 같네요. 아무튼 그렇군요."

경식은 이제야 자신이 왜 이렇게 처먹는지 이해가 되었다. 소울 에너지를 쓴 만큼 음식으로, 그리고 호흡으로 채워 주는 것이다.

"하지만! 주인님께서 저만큼 드시는 건 좀 심한 겁니다."

경식이 울컥해서 외쳤다.

"다, 당신만큼 처먹진 않았어요!"

"크하하하하핫! 하지만 너무 많이 드시는 건 맞습니다!"

"그건 그렇지만……!"

"그게 좋은 겁니다. 바로 바디 체인지를 하고 있다는 증거니까요!"

"그, 그렇군요. 그래서 이랬던 거구나."

"오히려 이곳에서 마음껏 수련하고 마음껏 먹고 있는 게 행운입니다. 아무런 고생도 없이! 노숙 없이! 그래서 진척 속도가 빠른 겁니다!"

"오오, 그랬군요. 그랬어요!"

둘이 그리 말하며 좋아하는 것을 바라보는 고른 백작의 눈가가 왠지 모르게 결연히 빛났다.

"그리 말해 주니 고맙군. 앞으로도 있고 싶은 시간만큼 있게나. 난 전혀 상관하지 않으니 말일세."

그 말에, 가만히 보고 있던 왕년 노인이 고개를 갸웃했다.

─그런데 저 마음씨 좋은 백작은 좀 이상하긴 하구먼?

[뭐가 이상하다는 거야?]

구미호가 되묻자, 당연하지 않느냐는 듯 왕년 노인의 말이 이어졌다.

─생각해 보게. 10일이나 무일푼으로 밥을 먹고, 수련을 하면서 이것저것 부숴대는 데도 허허롭게 웃지 않는가?

[그건 우리가 영지의 은인이기 때문이잖아?]

─그렇게 볼 수도 있겠지만, 그러기엔…… 중간중간에 하고 있는 말도 좀 이해가 안 가는 구석이 많네. 은인이면 은인이라지만, 굳이 계속 있어도 좋다는 말을 저렇게 강조하니까 사람이 이상해보이지 않는가?

'음, 듣고 보니 그런데?'

경식 역시 왕년 노인의 말을 듣고 보니 그런 생각이 들었다.

계속 있어도 좋다. 좀 더 있다 가라. 원한다면 눌러 살아도 좋다고까지 말하고 있는 고른 백작의 속내가 궁금해진다.

경식이 포크를 놓으며 말을 이어 갔다.

"저희를 계속 있어도 좋다고 말해 주시는 건 좋은데, 그 이유가 뭔지 궁금합니다."

그 말에 고른 백작이 피식 웃었다.

"우리 영지의 은인이지 않은가?"

"아니 물론 그렇게 말씀해 주시면 감사합니다만, 다른 이유가⋯⋯."

"헐헐. 다른 이유는 없다네. 하긴. 계속 있어도 좋다고 말을 하는 걸 이상하게 생각할 수는 있겠지. 하지만 그것은 정말 영지의 은인이라서 그러는 것이라네."

그렇게 말하면서 고른 백작이 덧붙인다.

"그래. 에리오르슈 가문은⋯⋯ 진정한 의미로 우리 영지의 아니, 그 이전에 나의 은인이기도 하지."

"에리오르슈 가문에게 은혜를 입었다고요?"

고른 백작은 차를 한 잔 호록 마신 후 빙긋 웃었다.

"내가 아주 어릴 때였네."

아직 백작가가 자작가였던 시절, 영지 내에는 심한 기근이

들어 사람들이 굶어 죽고, 심지어는 자신의 자식을 고기처럼 뜯어먹을 때가 있었다고 한다.

비도 오지 않고, 물도 마르고, 당연히 곡식도 싹을 틔우지 못했는데 그 원인을 도저히 찾을 수가 없었다.

더 아이러니한 건, 인근 영지에선 그러한 일이 절대 일어나고 있지 않다는 점이었다.

"원인을 모르니 어떻게 할 수가 있나. 괜히 대지의 여신이랍시고 오는 성직자들에게 어마어마한 돈을 줘가며 효과도 없는 의식을 치르기를 반복했었지. 그래서 점점 우리 영지는 망해가고 있었어."

그때 나타난 것이 에리오르슈 라무.

바로 에리카의 아버지였다.

그 당시 라무는 에리오르슈 가문의 가주가 된 지 얼마 안된 젊은 청년 영주였다.

"누군가에게 저주를 받고 있군. 자네. 무슨 잘못을 저지른 겐가?"

라무의 말에, 당시 고른 백작의 아버지였던 로번트 자작은 화들짝 놀랐던 걸로 기억한다.

나중에 알게 된 사실이지만, 로번트 자작은 자작위에 오르기 위해 둘도 없는 친구의 등에 칼을 꽂아 천도시켰다는 이야기이다.

"쯧쯧쯧 못난 사람 같으니라고. 지금 자네 친구가 자네의 등 뒤에서 자네를 노려보고 있는 것도 모르겠지?"

"흐익!"

"물론 자신이 어떤 존재인지도 잊어버린 채 망령이 되었으니…… 안심하라고 말해야 하나? 흐으. 아무튼 그 원한이 사무쳐서…… 흐음. 아무리 그래도 기근으로 이어질 정도의 힘은 없을 텐데?"

에리오르슈 라무는 그 이후 며칠 동안 영지를 조사했다. 그러고는 영지의 귀퉁이로 모두를 불렀다.

"이곳이 원흉이군. 아니, 원흉이라기보다는 홍복이라고 해야 하나? 어떻게 생각하나, 자네는?"

"무, 무슨 말씀을 하시는 것이온지?"

"이곳에 마나석 맥이 있다네."

"……!?"

광산도 아니고 마나석이라고 한다. 마나석은 같은 무게의 금보다 높은 가격을 자랑하는데, 일단 발견되기만 하면 엄청난 부를 축적할 수도 있었다.

"하지만 지금 같은 경우에는 이 마나석의 힘 때문에 악령의 힘이 이루 말할 수 없을 정도로 강해졌네. 그래서 이런 초자연적인 현상도 만들어지는 것이고 말이야."

"어, 어떻게 하면 좋겠습니까?"

"어떻게 하긴. 악령은 이미 인간도, 영혼도 아니야. 몬스터처럼 처치할 뿐이라네. 대신 조건이 있어."

에리오르슈 라무는 악령을 퇴치해 주는 조건으로 마나석 광산의 지분 30퍼센트를 요구했다.

"그, 그것은 너무……."

"이 사람 보게. 그런 얍삽한 생각을 버리게. 그러니 친구 등에 칼이나 꽂고 다니지. 이 사람아, 내가 아니었으면 마나석 광산의 존재를 자네가 알았겠는가? 내가 입 꾹 다물고 있다가, 이대로 자네 영지가 망하면 그대로 인수하는 것이 나에게는 더 이득이란 것도 잘 알 텐데?"

"……죄, 죄송합니다."

"앞으로는 속죄하면서 살게. 자네 아들이 무엇을 보고 배우겠는가? 게다가 우리 가문의 도움 없이, 자네는 마나석 광산을 개발하고, 지켜낼 자신이나 있는가?"

"아, 앞으로 잘 부탁드립니다."

계약은 채결되었고, 한 많은 영혼은 에리오르슈 라무의 손에 소멸되었다.

그 후로는 마나석 광산이 개발되었고, 자작의 뒤를 에리오르슈 공작가가 봐주는 형국이 되어 안전하게 마나석을 캘 수 있었다. 덕분에 로번트 자작은 백작으로 승작, 고른 백작 대까지 그 부가 축적되고 있었다.

"물론 에리오르슈 가문이 망하면서 매번 상납해 오던 30퍼센트의 지분을 상납하지 않아도 되어 부가 눈에 띠게 불어나는 중이긴 하네만, 나는 에리오르슈 가문의 일에 대해 상당히 애석하게 생각하고 있네. 그는 여전히 이 영지의 은인이야."

어린 나이에 보았던 그 끔직한 광경들. 사람이 굶어 죽고, 저택 앞에는 식량을 달라는 영민들로 넘쳐나고, 그것을 밀어내야 하는 경비병들. 집으로 돌아와 솥에 자신의 아이를 집어넣는 아낙······.

"그때는 그것이 정말 현실이었지. 정말 부정하고 싶은 현실 말일세."

그리고 그것을 구제해 준 것이 에리오르슈 라무였고, 더욱 큰 부를 축적하게 도와준 사람 역시 에리오르슈 라무였다.

그러니 광산 이윤의 30퍼센트가 아니라 70퍼센트를 달라고 해도 감사하며 줘야 할 판이다.

"게다가 영주가 되어서 지난날을 돌이켜 보니, 30퍼센트라는 건 정말 말도 안 되게 후한 경우더군. 만약 내가 라무님이었다면 60퍼센트는 받아 내지 않았을까 싶네. 참으로 고마운 분이고, 가문이 망할 때 아무런 힘이 되어 주지 못한 것이 너무 안타까울 뿐이었네. 그 당시에는 그럴 수밖에 없었거든."

경식은 에리오르슈 가문의 후예이다.

이제야 고른 백작의 마음에서 우러나오는 친절이 이해가 갔다.

"그랬군요. 오해해서 죄송합니다."

"뭐 오해랄 게 있는가. 그저 내 집이다, 하고 편하게 있다가 가게. 그리고 만약 에리오르슈 가문을 일으킬 생각이라면……."

고른 백작이 한쪽 눈을 찡긋 거렸다.

"무조건 도와주겠다는 말은 못하겠네. 하지만 한 번쯤은 내가 도움이 될 수도 있지 않겠는가?"

오히려 경식보다 제이크가 감동해서 벌떡 일어났다.

"그 말! 내 가슴에 으리라는 이름으로 새기겠소!"

"곧 황제께서 내가 보낸 서신의 답변을 주실 것이네. 오해가 잘 풀렸으면 좋겠군. 아마 잘 풀릴 걸세. 말 그대로 오해일 뿐이니까 말이네."

10일쯤 전, 제이크의 목에 걸린 현상금에 대해서 황제 폐하께 편지를 올렸으니, 이제 10일쯤 후에는 답변이 올 것이다.

제이크가 만족스럽게 고개를 끄덕이며 경식을 바라봤다.

"주인님! 주인님께서 2단계에 접어드실 때까지 이곳에 머무는 건 어떻습니까? 이렇게 빠르게 성장할 수 있는 기회가 많지 않습니다!"

경식은 여기저기 떠도는 신세였다. 그러니 노숙이 잦았고, 먹는 것도 부실할 수밖에 없다. 그런 와중에 이런 좋은 환경이 조성되었으니, 이용하지 않을 수 없었다.

경식은 당연하다는 듯 고개를 끄덕였다.

"얼마가 걸릴지 모르지만, 신세 좀 지겠습니다."

"얼마든지 환영일세."

고른 백작이 빙긋 웃었다. 그것을 보던 슈아가 어깨를 으쓱인다.

"나쁜 제안은 아니네요. 남자들의 은혜니, 우정이니, 하는 것이…… 좋은 결과일 때도 있군요."

[하여튼 저 계집애는 저게 문제야. 매사에 냉소적이야.]

―저 나이쯤 되면 으레 그러하지 않는가?

[아아, 중2병이라고 하지, 그걸?]

―으잉? 중2병이라니? 그건 또 어떤 병인가, 구 선생?

[말해 주기 귀찮아. 그냥 그런 줄 알아.]

그렇게 식사가 끝마쳐지자, 옆에서 잠자코 경식을 보고 있던 슈아가 그의 옷소매를 잡아끌었다.

"오라버니. 따라와."

"응? 아아…… 그랬지."

경식은 슈아의 뒤를 쫓았다.

어떤 이유에서인지 그의 등은 한없이 처져 있었다.

"대륙 공용어는 사실 간단해. 표음문자거든. 소리 나는 대로 읽으면 되니까 글자 몇 개만 알면 다 알 수 있어."

"아아, 그, 그래?"

"응. 총 30개의 문자로 되어 있어. 그것만 외우면 읽을 수 있을 거야. 말은 할 수 있지, 오라버니?"

"그, 그렇지?"

"그러면 이제 읽는 것과 쓰는 것만 남은 거야. 어때. 쉽지?"

경식은 일주일째 슈아에게 대륙 공용어에 대해서 배우는 중이었다. 정말 다행히도, 대륙 공용어는 한자 같은 상형문자 위주의 복잡한 문자가 아닌 한글이나 영어처럼 소리 나는 대로 읽을 수 있는 표음문자였다.

배운 지 일주일이 된 지금, 글자는 물론 쓰는 것과 응용하는 법까지 착실하게 배워나가고 있는 중이었고 말이다.

"오라버니도 바보가 아닌 이상 대충 감이 잡히지? 이거 읽어봐."

"으음. 아침에 일어나는 새가 피곤하다?"

"잘 했어. 그럼 이걸 읽어봐."

"참을 인이 세 개면 호구다?"

"이거는?"

"나까지 나설 필요 없다?"

"잘 했어. 이거는?"

"동정을 할 거면 돈으로 줘라?"

경식은 슈아가 써 준 대륙공용어를 읽으며 고개를 갸웃했다.

"이게 뭐야?"

"대륙 속담 중 몇 개 골라 봤어. 이것도 읽어 볼래?"

"……쉴 때 못 쉬면…… 아주 쉬게 된다?"

경식이 거기까지 읽고 고개를 갸웃했다.

"이런 말만 쓰는 이유가 뭐야?"

그 말에, 슈아가 당연하다는 듯 말을 이었다.

"솔직히 말할게. 나는 지쳤어. 이곳 백작님께서도 우리를 좋아하시니까, 이번이 기회라고 생각해."

"그래, 나도 기회라고 생각해서 지금 열심히 수련을……."

"수련을 하고. 목표를 달성하면 떠나려는 거잖아?"

"그렇지, 아무래도?"

"그러니까. 그거 하지 말고…… 그냥 여기에 쭉 있으면 안 되냐고 말하는 거지, 오라버니야."

경식은 슈아의 눈동자를 차근히 보았다. 슈아는 지금 허투

루 이런 소리를 하는 것이 아닌 듯했다.

"하지만 나는 영혼을 찾으러 다녀야 돼."

"여기를 거점으로 삼은 뒤, 영혼을 흡수하고, 다시 돌아와서 또 정비하고, 흡수하고 할 수도 있는 거 아닐까?"

"그게 말이 쉽지…… 어디에 어떻게 영혼이 있을 줄 알겠어? 또 저번에 놓친 알스나…… 현상금……."

"현상금 수배는! 이제 풀린다고 고른 백작님이 말했잖아?"

"만일을 대비해서라도……."

"휴우! 아니야…… 이건 정말 아닌 것 같아."

슈아가 말을 하다 말고 벌떡 일어났다.

"난…… 마법의 끝을 보는 게 목표야. 마법의 끝을 보려면 연구를 계속해야 하고, 스승이 있어야 하고…… 주문서도 외워서 고위서클로 올라가야만 해. 그러기 위해선 나는 거점이 필요하다고, 나는."

제레노 집사가 세상을 뜨면서 슈아에게 경식의 보필을 부탁했었다. 그래서 무작정 따라다니긴 했지만, 그때부터 겪은 것은 죽을 고비뿐이었다. 사정 때문에 어쩔 수 없이 함께 다녔지만, 지금은 달랐다.

"나는…… 이곳에 남을까 해. 이곳에서도 마법사의 손길은 필요하고……."

"아아, 그런 거였군."

경식은 알겠다는 듯 흔쾌히 고개를 끄덕였다. 그녀의 입장을 충분히 이해한다.

"나와 제이크는 떠날게. 너는 이곳에 남아도 좋아."

"······미안해, 오라버니."

"아니, 잘 된 일이야. 나를 계속 따라다니면 험한 꼴만 당할 게 뻔한 걸. 네 생각이 전혀 이기적이라고 생각하지 않아."

경식은 슈아에게 다가가서 그녀 푸른 머릿결을 쓰다듬어 주었다.

"말하느라 힘들었지?"

"······."

"미안해하지 마. 그럴 수도 있는 거라고 생각해."

슈아는 끝까지 미안하다는 말을 하며 묵묵히 경식에게 안겨 있었다.

처음 슈아를 만난 후 1개월 조금 넘는 시간 동안 함께 했다지만, 그 짧은 기간만으로도 정이 쌓이긴 쌓이는 모양이다.

'하긴. 그렇게 따지면 제이크도. 구미호도 만난 지 얼마 안 되긴 했지. 회색 바람과 붉은 어금니 역시 그건 마찬가지일 테고.'

생각해 보면 대한민국에서 이곳으로 떨어진 지는 3개월도 채 지나지 않았다.

그간 참 많은 것들이 변했고, 앞으로도 많이 변해 갈 것이 분명했다.

"슬프지만 어쩌겠어?"

"가문을 일으킬 거라면…… 내가 열심히 수련하고 있을게. 필요할 땐 언제든 불러."

"응. 안 그래도 그럴 생각이야."

경식과 슈아는 그런 말을 하며 빙긋 웃었다.

이런 오글거리는 상황이면 언제나 딴지를 걸던 구미호 역시 가만히 보고만 있을 뿐, 아무 말도 하지 않았다.

Chapter 2
이단심문관 아그츠

　경식이 눈을 뜨자, 눈앞에 에리카가 빙긋 미소 짓고 있
었다.

　"요즘 모습이 보기 좋구나. 곧 2단계를 넘어설 듯한데?"

　"그런 게 눈에 보여?"

　"너는 나고, 나도 나이기에 가능한 게지."

　"그거 꽤나 이상한 말이다, 너?"

　경식은 에리카와의 만남이 더 이상 어색하지 않았다.
항상 영혼들의 교육방침(?)에 대해 열변을 토하던 과도기
도 지난 지 오래였다.

　그냥 이런저런 담소를 나누는 사이가 되었다.

바로 에리카의 외로움을 경식이 이해했기 때문일 것이다.

　"너도 빨리 세상에 나왔으면 좋겠는데, 아직 영혼을 3개밖에 구하지 못했네. 앞으로도 열심히 하마."

　경식의 말에, 에리카가 고개를 갸웃했다.

　"너, 정말 내가 아는 경식이 맞느냐?"

　"왜?"

　"오늘따라 유해 보여서 말이다. 좋은 일이라도 있는 게야?"

　"아니 그렇다기보다는…… 이 세계에 적응을 하고 있다는 증거랄까? 피할 수 없다면 즐겨야 한다는~ 그런 좋은 마인드?"

　"그것은 좋은 마인드로구나. 그리고 너무 조급해하지 말거라. 그렇게 조급해하지 않아도, 어차피 다 때가 되면 영혼들을 모아 나를 찾아올 거라 믿어 의심치 않으니 말이다."

　"너야말로 유해진 것 같은데?"

　"호호호. 나 역시 기분이 좋다. 네가 적응을 해서. 그리고 열심히 나의 부탁을 들어주고 있어서."

　"그저 나 역시 집에 가고 싶어서 열심히 영혼을 찾아다니는 것뿐이야."

　"그래. 그래도 고마운 건 고마운 게다."

　그런 말을 하던 에리카의 눈동자가 사뭇 진지해졌다.

"아직도 투마를 길들일 방법이 듣기 싫은 게냐."

"또 그 소리네. 그런 건 싫다니까."

"무엇인지 알고 싫다고 하느냐? 들어보지도 않고 말이다! 투마는……!"

투마. 이번에 흡수한 오우거의 영혼.

경식은 한숨을 푹 내쉬며 그녀의 말을 잘랐다.

"또 강압적인 거지? 강제적인 거지?"

"……."

에리카는 한동안 입을 다물었다.

"정말 투마는 그 방법밖에 없단 말이다!"

그 말에, 경식이 살래살래 고개부터 저었다.

"그냥 못 들은 걸로 할게. 다른 방법이 분명히 있을 거야. 나만의 방법을 찾겠어."

며칠 동안 겪어 본 오우거의 영혼. 투마는 정말 앞뒤가 꽉 막힌 녀석이었다.

비유로 따지자면,

계란으로 바위를 치는 기분을 만든다고나 할까?

하지만 에리카의 방침을 듣진 않으리라.

에리카의 길과, 자신의 길은 엄연히 다르니까.

"이만 일어나 볼게. 이야기 나온 김에 애들 좀 보러 가야겠어."

"그 죄수들을 말이냐?"

"죄수가 아니라. 내 친구들이야."

경식은 그 말을 끝으로 사라졌다.

에리카는 한숨을 푹 내쉬며, '그러면 그렇지'라는 표정으로 멍하니 허공만을 바라볼 뿐이다.

"하지만, 투마는 정말 한 방법밖에 없느니라. 그리고 그 방법을, 그 약점을 투마가 가르쳐 줄 것 같으냐? 이번엔 네가 나에게 지게 될 것이다. 나에게 방법을 구하러 올 날을…… 즐겁게 기다리마. 호호호호."

그 말을 끝으로 에리카 역시 스르륵 사라졌다.

이윽고 빈 허공만이 남은 벌판엔 바람이 거세게 너울거렸다.

*　　*　　*

"애들아 나 왔……."

경식은 해맑게 손을 흔들다가 흔들던 손을 툭 하고 내려놓았다.

해맑게 웃을 상황이 아니었기 때문이다.

"취익. 취, 췌이이익!"

회색 바람은 입에 거품을 물고 경련을 일으키고 있었다.

"토, 트로오오올!"

붉은 어금니는 미쳤는지 정말 '트롤' 하고 울고 있었다. 그것도 상당히 구슬프게 말이다.

"차, 차라리 곰이 곰곰하고 울고 말지. 너네, 무슨 일이야?"

회색 바람의 미간은 짓뭉개진 상처가 나 있었고, 붉은 어금니에겐 물론 상처가 없었지만 표정만 봐서는 '죽다 살아났소' 하고 있으니, 누군가에게 비 오는 날 먼지 나게 쳐맞은 것이 분명해 보였다.

세 명 중 두 명이 맞았으면 누가 때렸는지는 너무 자명한 일.

경식은 저 너머에서 풀썩 누운 채 하늘을 바라보고 있는 투마에게 다가가서 말했다.

"네가 이런 거야? 친구를 왜 때려!"

"친구. 도대체?"

"도대체 누가 친구냐는 말이야, 지금?"

투마는 한쪽 입꼬리를 말아 올리며 웃기만 했다. 긍정의 의미이다.

"어휴."

경식은 한숨밖에 나오지 않았다. 지금껏 투마에겐 회색 바람과 붉은 어금니에게 미안할 정도로 정성을 쏟아왔다.

하지만 철벽. 말 그대로 철벽.

말을 해도 귓등으로도 안 듣고, 어르고 달래 보아도 그
것은 마찬가지였다.

"진정 네가 원하는 건 없어?"

그 말에, 투마가 입을 씰룩거리며 한 마디 한다.

"강자."

"……?"

"파괴. 학살."

"그런 것들을 원하는 거야? 그렇다면 난 해 줄 수가 없
는데?"

"때가 오다. 강자. 나에게, 방해하다. 죽는다. 하지마라.
그러니까."

"……."

강자와 부딪칠 때가 오면 방해하지 말고 자신에게 몸을
넘겨라. 그러지 않으면 죽여 버린다고 투마는 경식에게 말
하고 있었다.

"어휴…… 안 되는 걸 알면서 저러네. 나는 그…… 누
구더라? 네가 가지고 놀던 그 남작과는 달라. 너에게 절대
주도권을 빼앗기지 않는다고. 여차하면 구미호도 있고.
구미호 봤지?"

"……구, 구각랑!"

투마가 경기를 일으키며 눈을 부릅떴다. 구미호를 언급했는데 구각랑을 말한다.

아마 둘이 비슷한 운명 공동체라서 헷갈리는 것이리라.

투마가 유일하게 거부반응을 보이는 것이 바로 구각랑이고, 구미호였다.

"다시 한 번 말하지만, 나는 너를 위협하고 싶지 않아. 그저 친구가 되고 싶다고."

"둘처럼. 약하다. 빠지다. 역시. 너."

"물론 나 역시 저 둘처럼 약해 빠졌다고 생각할지 몰라. 하지만 그렇지 않아. 나는 강하고, 저 둘도 강해."

그 말에, 투마가 씩 웃으며 고개를 젖는다.

"내가. 1위. 서열."

서열 1위라고 자랑을 한다.

"약하다. 너다. 자격 없다. 주인. 더더욱. 친구. 없다."

"어휴."

경식은 고개를 회회 저으며 뒤를 돌아 회색 바람과 붉은 어금니에게로 다가갔다.

회색 바람과 붉은 어금니는 투마를 헐뜯으며 저 녀석 필요 없을 만큼 자신들이 알아서 하겠다는 둥의 말을 주절대고 있었다.

그것을 보는 투마의 입가엔 냉소가 어렸다.

"모두 다. 약하다."

약한 것은, 자신의 곁에 둘 수 없다.

"나았다. 차라리. 사령의 보옥……."

위계질서가 철저했던 그곳. 자칫 잘못하면 소멸할 수도 있는 그 숨 막히던 곳이, 이 탁 트인 곳보다 투마는 더욱 편했다. 지금 당장에라도 이 껍데기만 낙원인 가식적인 공간에서 나가고 싶은 마음이 절실했다.

하지만 나가지 않는다.

못하는 것이 아니다. 구미호라는 괴물 따위. 이기지는 못하지만 지지도 않을 자신이 있다.

투마가 이곳에 있는 이유.

그것은 소멸하지 않기 위해서가 아니었다. 소멸 따위 두렵지 않았다. 투사에게 죽음은 두려움의 대상이 결단코 아니었다.

이유는 오직 한 가지.

"구각랑……."

까드드득!

투마는 이를 갈며 눈을 감았다.

이 한가로운 곳에서 할 수 있는 건 낮잠밖에 없었다.

*　　　*　　　*

1달이라는 시간은 금방 지나갔다. 아마 수도에서 사람이 오고, 그들을 접대해야 한다는 전언이 오지 않았더라면 그저 나른한 오후쯤으로 생각했을 것이다.

　1달이 지나간 이 시점에서, 수도에서 사람들이 왔다. 그것도 황제의 전언이 담긴 양피지를 가지고서 말이다.

　저벅. 저벅. 저벅. 저벅.

　잘 정돈된 발걸음의 기사들이 열을 맞춰 걸어왔다. 그들의 걸음걸이만 보아도, 얼마나 절도가 있는지, 얼마나 잘 훈련 되었는지, 알 수 있는 대목이다.

　우뚝.

　고른 백작은 갑옷을 입고 있었다. 기사 중 한 명이 그들을 기다리고 있던 백작 앞에 성큼 나섰다.

　이들의 우두머리였다.

　"아그츠라고 합니다."

　"알다시피 고른 백작일세. 그래, 어느 가문의 자제인가?"

　상대방의 출신성분을 물어보는 건, 그저 그런 귀족식 인사의 일환이었다.

　하지만 아그츠는 그것에 대해 어물쩍 넘어가며 고개를 푹 숙여 보였다.

　"이 아그츠. 황제 폐하의 전언을 전하러 온 사자입니다.

출신성분은 말할 필요가 없습니다.”

“흐음, 딱딱한 친구로군. 뭐 알았네! 안으로 들어가지. 오늘은 기분 좋은 날이니, 우선 밥부터 먹게나. 시장하지 않은가?”

단지 황제의 말을 전하러 왔다고 해도, 달랑 말만 전한 후 돌아가게 하는 건 예의가 아니었다. 그것은 아그츠가 아니라, 아그츠를 보낸 황제를 능멸하는 것이기 때문이다.

그러니 일단 배불리 먹이고 좋은 잠자리를 제공하여, 며칠 동안 편안히 지내게 해야 했다. 충분히 휴식을 취하고 난 뒤, 황제의 말을 전하게 하고 돌려보내는 것이 원래의 예의였다.

“황제 폐하의 말을 먼저 받드는 것이 예의입니다만…….”

“헐헐.”

아그츠의 입가에도 미소가 비쳤다.

“황제 폐하를 대신하여 고른 백작님의 성의를 먼저 받드는 것이 순서인 것 같군요.”

“아주 꽉 막힌 사람은 아니로구먼. 헐헐헐헐.”

아그츠를 포함한 10명의 기사는 고른 백작을 따라 안으로 들어갔다.

이미 준비해 둔 융숭한 식사가 그들을 기다리고 있었다.

　　　　*　　　*　　.　　*

　"와아. 이런 음식들이 있다니."

　물론 경식 일행이 지금껏 먹어왔던 음식이 나쁘다는 건
아니었다. 오히려 정말 호의호식이 어떤 것인지를 보여 주
는 엄청난 것들을 한 달 동안 즐겨 왔었다.

　몸이 2단계로 갈 준비를 하고 있지 않았더라면, 20킬로
그램은 찌지 않았을까 싶을 정도로 많이 처먹기도 했다.

　이제는 고급 음식들이 물리고, 차라리 육포가 먹고 싶
을 지경이었다. 물론 그렇다고 진짜 육포를 먹진 않았지만
말이다.

　아무튼 엄청 질 좋은 음식을 먹어 왔다고 자부하는데,
눈앞의 진수성찬에 비하면 정말 아무것도 아니었다.

　거대한 달팽이를 통째로 구운 요리에, 소 한 마리를 통
째로 구워서 그 안에 돼지를 넣고, 그 안에는 닭을 넣고,
그 안에는 병아리를 넣고……보기에 따라선 징그럽다고
느껴질 만한 것들도 있었다.

　하지만 그것들이 내뿜는 향기는 그런 생각을 싹 가시게
할 정도로 대단한 것이었다.

　꿀꺽.

절로 침이 삼켜지는 그 순간, 고른 백작의 입이 열렸다.

"우리 영지의 특산품을 다 모아 놓은 것일세. 입맛에 맞을지 모르겠군."

"입맛에 맞다마다요. 아주 좋은 시기에 좋은 음식을 먹고 있어 기분이 참으로 좋습니다."

아그츠가 입을 닦으며 그리 말했다. 고른 백작이 고개를 갸웃한다.

"좋은 시기라니, 무슨 말인가?"

"아아. 폐하의 전언을 전하기 앞선 진수성찬이라는 이야기였습니다."

그리 말하며, 아그츠는 주변을 둘러보았다.

그곳엔 음식을 흡입하다시피하고 있는 제이크와 그 옆에서 아그츠와 눈을 마주치고 있는 청년 하나가 보인다.

그리고 그 옆에는 이제 막 소녀티를 벗은 처녀 하나가 있었다. 하지만 아그츠의 시선은 그녀까지 가지 않았다. 그저 제이크와 경식에게 맴돌 뿐이다.

"덩치가 큰 쪽이 제이크이고, 작은 쪽이 쿠드 군이겠군요."

"둘을 아는가?"

"대륙에서 제이크를 모르는 검사는 없습니다. 저도 일단은 검사이니, 모를 리가 없지요. 그리고 쿠드 군은……."

경식과 아그츠의 눈빛이 마주쳤다.

아그츠는 자신의 네 번째 손가락에 끼워져 있는 반지에 입을 맞추며 입술을 씰룩였다.

"최근에야 이름을 들었습니다."

"아아, 그런가?"

고른 백작은 의심 없이 고개를 끄덕였다. 하긴, 황제에게 경식에 대한 것도 언급한 바 있으니, 전언을 전하는 아그츠가 그것을 모를 리 없었다.

"정말 잘 먹었습니다."

아그츠가 입가를 닦으며 자리에서 일어났다.

"더 들지 않고?"

"이쯤이면 많이 먹었습니다. 저쪽에 있는 제이크라는 양반과 쿠드 군이 많이 먹는 것이지요."

뜨끔.

제이크는 신경도 안 썼지만, 쿠드라고 불린 경식은 뜨끔해서 아그츠를 바라봤다.

'그런데 왜 저런 눈으로 날 쳐다보는 거지?'

왠지 모를 적대감이 느껴진 달까?

적대감을 품을 이유가 없는데, 조금은 이상하다는 생각이 든다.

하지만 그런 생각과 관계없이, 아그츠는 벌떡 일어나

신주단지처럼 들고 있던 양피지를 꺼내 들었다.

황제의 전언이 담긴 고급 양피지다.

"아니, 벌써 그래야 하는가?"

"빨리하는 것이 좋습니다. 그리 시간이 넉넉한 것도 아니고 말이지요."

원래는 이렇게 밥을 먹고, 며칠 더 묵으며 이런 접대 저런 접대 몽땅 뽑아낸 후, 마지막 날이 되어서야 황제의 전헌을 전하는 것이 관례다.

경식 역시 고른 백작에게 그런 절차를 들어서 익히 알고 있었다.

'마치 함 파는 것 같다고 했는데.'

돈을 길거리에 뿌려도 걸음을 떼지 않는 것이 바로 함 장수의 미덕이다.

그런데 이 경우는 마치, 함 장수가 목적지까지 순순히 걸어가는 꼴이랄까? 일이 너무 쉽다. 원래는 고른 백작이 이런저런 아양을 다 떨어야 황제의 칙령을 읽고 수도로 돌아가는 사람들인데도 말이다.

뭐, 좋은 게 좋은 거라고 고른 백작은 고개를 끄덕였다.

"빨리 말해 주면 우리야 좋지 않겠는가? 황제 폐하의 명을 받들겠네."

고른 백작이 벌떡 일어나 무릎을 꿇었다. 그에 따라서

경식과 제이크, 그리고 슈아 역시 고른 백작의 곁으로 가 무릎을 꿇었다.

아그츠를 포함한 열 명의 기사들이 그들에게로 다가갔다. 아그츠는 고른 백작과 경식 일행을 내려다보았다.

그러곤 양피지를 펼치며 이야기했다

"나. 제국의 주인 론다르츠는⋯⋯."

말을 이어가며 아그츠는 자연스레 검 집에서 검을 꺼내었다.

스르르릉.

⋯⋯!?

갑자기 검을 뽑으니 무슨 일인가 싶다. 하지만 황제의 전언을 말하는 자리에서 검을 뽑은 것이니, 무언가 이유가 있을 것이 분명했다.

기사서임을 하는 경우, 황제의 검을 뽑아 양어깨를 두드리며 기사서임을 하는 때가 있다. 때문에 고른 백작은 황제가 제이크나 쿠드(경식)를 기사로 임명하라는 명을 내린 줄 알고 내심 기뻐했다.

실지로, 뽑힌 검이 제이크의 어깨를 스치기도 했었다. 제이크는 어찌해야 하나 잠시 망설이다가, 고른 백작의 기뻐하는 모습을 보며 고개를 갸웃거리면서도 가만히 검이 다가오는 것을 지켜보고 있었다.

물론 여차하면 반격을 할 요량으로 소울 에너지를 잔뜩 끌어올려 갑옷처럼 몸에 두르고 있었지만 말이다.

하지만 그러면 안 되는 것이었다.

조금 더 조심해야 했다.

아그츠의 검이 어깨를 살짝 두드리는 것이 아닌, 아예 절단을 하려는 요량으로 뚝 떨어져 내렸기 때문이다.

푸하아악!

"……으음!"

그 이후론 집단린치가 이어졌다. 나머지 아홉 명의 기사가 기다렸다는 듯 달려들어 제이크에게 검을 꽂아 넣은 것이다.

제이크는 오른쪽 어깨가 깊게 베였고, 왼쪽 어깨에 3개, 등에 3개, 다리에 3개에 달하는 검을 꽂은 채 이를 악물었다.

"지금 무엇을 하는 것이냐아아아!"

검 10개를 몸으로 받아 내고서도 저렇게 팔팔하다니? 하지만 역시 아그츠가 예상한 범주 내에 있었다.

"역시 터프하군요. 하지만 그것도 어디까지 갈까요?"

그런 말을 하며, 아그츠가 눈을 부라렸다. 그러고는 손을 뻗어 제이크의 이마에 갖다 댄다.

네 번째 손가락에 끼워져 있는 반지가 밝게 빛난다 싶

은 순간!

"끄어어어억!"

제이크가 비명과 함께 일어서려던 몸이 다시금 주저앉았다. 아그츠가 끼고 있는 반지.

그것을 본 슈아가 눈을 부릅떴다.

"흡혼석?"

"뭣들 하고 있는가!"

아그츠의 말에 나머지 아홉 명의 기사들이 괴이한 주문을 외우기 시작했다. 그러자 제이크에게 박혀 있던 검의 손잡이 끝 부분에서 푸른 기운이 뿜어져 나오며 서로 이어졌다. 곧 푸른 기운은 육망성 모양으로 이어지더니 그것이 움직여 제이크의 이마 쪽으로 올라왔다.

"킬링 소울의 완성이군요."

아그츠가 한숨을 내쉬며 끼고 있던 반지를 뺐다. 반지는 떨어지지 않고 제이크의 이마 바로 위에 둥실 떠올랐다.

제이크는 눈을 부릅뜬 채 슈아를 보았다. 슈아는 손사래를 쳤다. 이런 짓을 할 수 있는 건 슈아 뿐이라는 생각에서였는데, 슈아는 자신이 한 짓이 아니라고 말하고 있었다.

하긴, 그럴 이유도 없고 말이다.

"일단 제이크는 저지했군요. 지금 찌르면, 죽으려나요?"

아그츠는 자신을 노려보고 있는 제이크를 바라보며 빙

긋 웃었다.

"그러기에 어깨를 내주면 안 되는 거였습니다."

"자네 지금 무엇을 하는 겐가!"

고른 백작이 눈을 부릅뜨며 몸을 일으키려 했다. 그리고 그것은 경식 역시 마찬가지였다. 제이크에게 모든 이목이 쏠려 있었기에, 경식은 견제를 받지 않은 탓이다.

"이게 무슨 짓입니까!"

그 말이 끝나기가 무섭게 아그츠의 주먹이 경식에게로 창처럼 날아들었다.

"……!"

쾅앙!

공격을 맞은 경식이 뒤로 주춤 물러났다.

아그츠는 자신의 주먹을 쥐락펴락하며 고개를 갸웃했다. 어느새 경식의 눈동자는 회색으로 물들어 있었다.

"단단하군요."

아그츠가 그리 말하며 손을 휘저었다. 그러자 수십 개의 비수가 경식에게로 날아왔다.

곧 경식의 몸 전체가 회색 소울 아머로 뒤덮였다. 경식에게 있어서 검격도 아닌 이런 하잘것없는 비수 공격은 그저 피부로 튕겨낼 수 있는 수준의 것이었다.

곧 아그츠가 씩 웃으며 손가락을 퉁겼다.

그러자 비수 끝에서 전기 스파크가 튀더니 끝과 끝이 연결되며 거대한 그물이 되었다.

경식은 졸지에 그물에 걸린 물고기가 되어 허덕였다.

"무, 뭐야?"

파츠츠츠츠츳!

"끄으으윽!"

경식은 온몸이 그물에 포박당한 채 덜덜 떨리는 자신의 몸을 느끼며 이를 악물었다.

소울 에너지가 계속해서 빨려 들어가고 있었다.

그것까지 본 고른 백작이 참지 못하겠다는 듯 소리쳤다.

"이게 지금 무슨 짓이냐고 물었네!"

아그츠는 평온하게 말했다.

"백작님이야말로 지금 이게 무슨 짓입니까? 고개를 숙이고, 무릎을 꿇으십시오."

"……?"

"지금 전 황제 폐하의 명을 수행 중이라는 이야기입니다. 더 설명이 필요합니까?"

"그게……무슨!"

"폐하의 명이 우선이니, 저 피라미를 잡는 것보다는, 전언을 계속 읽는 것을 우선시 하지요."

아그츠는 다시금 두루마리를 읽어 나갔다.

"나. 제국의 주인 론다르츠는 광오하기 짝이 없는 에리오르슈 가문의 잔존세력들을 멸하라는 명을 내린다."

"……끝인가?"

"장황한 설명이 필요 없는 임무입니다. 저는 그저, 말살하면 그뿐이지요."

"……."

슈아는 지금 눈을 부릅뜬 채 아무 말도 못하고 있었다. 이들이 제이크를 포박한 방법은, 일전에 슈아가 제이크에게 행했던 방식과 너무나도 비슷했기 때문이다.

흡혼석을 이용한 마법적인 소울 에너지 억제.

그것은 그녀와, 그녀의 스승이었던 마이스터 백작이 함께 연구하여 만들어 낸 그 방법과 너무나도 흡사했기 때문이다.

'그 연구가 이 정도로까지?'

에리오르슈 가문이 망하기 전. 그녀는 에리오르슈 가문의 후광을 등에 업고 마법이라는 학문에 미친 듯이 빠져 살았던 적이 있었다.

그리고 당연하지만 에리오르슈 가문이 가지고 있는 힘의 특징과 특성 등을 학회해 보고해 유명세를 탄 적도 있었다.

물론 가문에 해가 되는 일이지만, 어디 그녀가 에리오

르슈 가문을 신경이나 썼던가? 가문이 망하기 전에도 아무 생각도 없었다.

아무렴 대륙 전체에 그 아성을 떨치고 있는 가문이 자신이 학회에 보고한 논문 때문에 망하기라도 할까?

하지만 그런 일이 실지로 일어났다. 암암리에 연구가 계속되고 있었고, 이렇게 체계적으로 소울 에너지 사용자를 굴복시키고 있었다.

'정말, 가문이 망할 때 제국도 합세를 했었구나.'

설마, 설마 하던 가정이 현실로 드러나는 순간이기도 했다.

그녀의 눈이 경식과 마주쳤다.

경식은 덫에 걸린 쥐 신세가 되어 처량하게 그녀를 바라볼 뿐이었다.

슈아는 이를 악물었다. 그녀는, 지금 이 상황을 타개할 방법을 알고 있었다.

소울 에너지를 사용하는 사람들에게 쥐약인 흡혼석. 이것의 기능을 반대로 활성화 시킬 수 있는 것은 그녀밖에 할 수 없는 일이었다.

하지만 그렇게 한다면,

그녀는 다시금 경식 일행과 함께 도망자 신세를 면치 못하게 된다. 아니, 도망자가 되는 것도 이곳에서 빠져나갔을 때의 이야기다.

작정하고 온 사람들.

이 사람들을 이기고 도망칠 수 있을 확률은 희박했다.

나서면 죽고, 여기서 묵묵히 가만히 있으면 고른 백작에게 몸을 의탁하여 원하는 삶을 살 수 있었다. 백작 역시 이렇게 된 이상 경식 일행을 두둔하고 감싸지는 못할 것이다.

거기까지 생각한 슈아가 한숨을 내쉬며 손으로 수인을 맺었다.

"어휴, 정말. 삼촌이랑 오라버니라고 하나 있는 게……애 둘 키우는 것 같다니까, 정말."

그 수인이 어찌나 빠르던지, 열 명의 기사는 전혀 눈치조차 채지 못했다.

수인이 다 맺어지고서야 알아차렸지만, 그땐 이미 늦은 후였다.

어느새 그녀의 주변에 묵빛 빛이 뿜어져 나오더니 그것이 경식과 제이크에게로 날아가 맞았다.

쓰으응!

제이크에게 박혀 있던 검들이 내뿜던 자기장이 사라지며, 마법진이 없어졌다. 둥실 떠 있던 아그츠의 반지 역시 땅으로 곤두박질쳤다. 경식 주변에 작용하고 있던 자기장 역시 사라졌다.

경식은 몸을 구속하던 힘이 풀림과 동시에 슈아에게로 몸을 날렸다.

콰아악!

등이 쩌릿했지만, 가까스로 슈아에게 날아갔어야 할 주먹을 대신 맞는 데 성공했다.

한참을 구른 경식이 벌떡 일어난 후 아그츠를 노려봤다.

"뭐하는 놈이냐!"

아그츠가 이를 악물면서도 씩 웃었다.

"신마저 영혼의 일환이라는 불경한 말과 행동을 일삼다가 최후를 맞이한, 에리오르슈 가문들의 잔당들을 박멸하러 온 이단심문관 아그츠이다."

*　　　*　　　*

"크하아아!"

제이크가 눈을 부릅뜨며 주변에 자신을 억압하고 있는. 정확히 말하자면 자신의 몸에 박혀 있는 아홉 자루의 검을 빼내려 했다.

그 방법은 무식하지만 제이크에게는 가능한. 그리고 확실한 방법이었다.

온몸에 남아 있는 소울 에너지를 방사시켜 몸 안에서

바깥으로 튕겨 내는 방법이다.

그리고 그것을 시행하고 있었다.

아홉 자루의 검이 조금씩 바깥으로 밀려 나가고 있었다.

"끄으윽!"

아홉 기사들은 눈을 부릅떴다. 지금 그들은 젖 먹던 힘까지 다해 검을 밀어 넣는 중이었는데, 그것이 조금씩 뒤로 밀려나고 있었다. 아무리 흡혼석으로 만든 금제가 풀렸다고 해도, 이미 몸에 아홉 자루의 검이 박혀 있는 상태에서 이들을 능가하는 것은 말도 안 되는 것이다.

아홉의 이단심문관보다 한 명의 제이크가 강하다니?

아그츠가 이를 갈며 9명의 부하 이단심문관들에게 외쳤다.

"신성력을 사용하는 것을 허용한다."

"……!"

그극. 지그그극.

그런 말을 하는 와중에도 제이크의 몸 바깥으로 그들의 검이 튕겨 나가고 있는 중이다.

하지만 아홉 명의 이단심문관들이 신성력을 폭발하자 상황은 바뀌었다.

프하아아.

그들의 몸에서 빛이 뿜어져 나오더니 밀려나오던 검이

오히려 다시금 밀려들어오기 시작한 것이다.

제이크 역시 다급해졌다.

"흐으으음!"

팡! 팡! 파파파팡!

소울 에너지가 튕겨 내듯 힘을 방사하고, 그것에 맞서 아홉 명의 기사가 온 힘을 다해서 신성력을 사용한다.

그리고 그것은 말 그대로 호각지세였다.

제이크를 제압하는 것은 실패했지만 묶어 두는 것은 성공을 한 것이다.

"하지만 제가 나선다면 이야기는 달라지겠지요."

그런 말을 하며 아그츠가 제이크에게로 걸어갔다.

이 완벽한 힘의 균형에서 그가 나선다면 제이크는 단숨에 제압당할 것이다. 하지만 그것을 가만히 보고만 있을 경식이 아니었다.

슈아를 안전한 곳에 놔둔 경식이 아그츠에게로 달려들었다.

이미 그의 눈동자는 회색으로 물들었고 몸은 회색의 소울 아머로 둘러싸여진 후였다.

그의 주먹이 아그츠에게 쇄도했다.

아그츠의 눈이 부릅떠졌다. 동시의 그의 검이 움직였다.

꽈광!

"크윽!"

경식의 몸이 뒤로 쭉 밀려났다.

그의 주먹을 감싸고 있는 소울 아머에는 쩍— 하고 금이 가 있었다.

경식이 의아해서 회색 바람에게 물어봤다.

'뭐야 왜 이렇게 약해졌어? 급하게 끌어 쓰느라 라임을 못 맞춰줘서 이러는 거야?'

하지만 돌아온 건 회색 바람의 억울한 음성이었다.

[취익! 내가 준 힘! 그것은 진정한 나의 힘! 취이익!]

최대한의 힘을 준 것이란 이야기다.

그런데도 검에 주먹이 부딪쳤다고 소울 아머에 금이 간 것이다.

그의 시선이 아그츠의 검에게로 향했다.

도대체 저 검은 무엇이지?

하지만 경식은 그런 고민을 할 새가 없었다. 그의 눈앞으로 검이 날아와 꽂히기 일보 직전이었기 때문이다.

그리고 그것을 지근거리에 와서야 겨우 알아차렸다.

피할 틈이 없었다.

다시금 손을 들어 검을 막았다.

푸하아악!

뒤로 물러나는 경식의 몸에서 피분수가 솟구쳤다.

아그츠는 무심한 눈길로 그런 경식을 바라봤다.

"내 검을 두 번이나 막아 내다니. 과연 단단하군."

"……?"

"꽤 놀라신 모양입니다. 당신의 힘이 좀체 통하질 않으니 말이지요."

아그츠가 자신의 검을 들어 올리며 씩 웃었다.

그의 검은 은색이 아닌, 뼈처럼 시린 흰색이었다.

멀찌감치 물러서서 그것을 보고 있던 왕년 노인이 눈을 부릅떴다.

―아니 저것은!

그 말을 같이 붙어 있던 구미호가 다급하게 받았다.

"뭐, 뭐야. 저게 무슨 검인데?"

―저것은. 흐음!

[아, 뭔데!]

왕년 노인이 고개를 회회 저었다.

―왕년에도 본 적이 없는 검이로구먼.

[야! 너 자꾸 개소리 지껄일래!]

그러는 와중에도 경식은 아그츠의 검에 유린당하는 중이었다.

왕년 노인이 진중하게 고개를 저었다.

―아니, 구 선생. 왕년에도 본 적이 없는 검이라면 그

건 심각한 거요. 나 같은 검사는 검을 한 번 보아도 어떤 재질인지 안다오. 심지어 미스릴이나 전설에만 나온다는 아다만티움도 단번에 알아보겠지. 하지만 저것은 좀 다르오. 전혀. 정말 전혀 보지 못한 소재의 금속으로 만들어진 듯하오. 미안한데 내가 모르는 검이란 없어야 하오. 하지만 눈앞의 저것은 내가 모르는 검이고…….

[그래서, 하고 싶은 말이 뭔데?]

—내가 죽은 이후에 생긴 기술력으로 만들어진 검이라는 것이오.

[그래 봤자 달라지는 게 없잖아! 그런 말 진지하게 하지 말란 말이야!]

"끄으으읏!"

경식이 뒤로 물러나며 입을 쩍 벌렸다. 그러자 회색 바람의 특기인 충격파가 앞으로 쏘아져 나왔다.

"호오?"

아그츠가 고개를 갸웃하며 검을 들어 충격파에 맞섰다.

휘둘러 부순 것도 아니다.

그저 갖다 대었다.

하지만 그것만으로도 휘잉 하는 바람 빠지는 소리와 함께 충격파가 흩어졌다.

맞선 게 아니라, 아예 와해시켜 버렸다.

그리고 이어진 것은 날카롭고 거대한 내려치기였다.

경식은 습관적으로 양손을 머리 위로 들어 올렸다.

하지만 더 이상 회색 소울아머는 쓸모가 없었다.

콰아아악!

경식의 양팔엔 말 그대로 검에 베인 상처와 함께 피가 솟구쳤다.

"끄으으으!"

고통이 밀려온다.

그리고 그것과 동시에 온몸을 감싸고 있는 소울 아머의 색과 형태가 바뀌기 시작했다.

노란색으로. 그리고 투박한 겉면은 미꾸라지처럼 매끈한 광채가 나게 바뀌었다.

그의 눈동자 역시 노란색으로 변하였다.

태론의 힘이 끌어올려진 것이다.

[네.놈은 항상 그렇.다. 쓸.모가 없다고 해야 하나?]

[취익! 네놈 역시 비슷! 몇 분 후 네놈 역시 나와 같은 모습! 취이익!]

[톨톨톨톨. 그럴 리.가.]

'크으. 잘 부탁해, 붉은 어금니.'

과연 경식의 팔의 상처가 점점 아물어가고 있었다.

챠앙!

경식은 두 주먹에서 총 열 개의 칼날 같은 소울웨폰을 뽑아낸 후 달려들었다.

하지만 결과는 마찬가지였다.

콰장창창!

그가 뽑아낸 소울웨폰이 박살이 났고, 결국 가슴에 검상 하나가 추가되어 뒤로 나가떨어졌다.

아그츠는 고고하게 검을 든 채 여유로운 웃음을 짓고 있을 뿐이었다.

"끝이다."

아그츠가 씩 이를 드러내며 다시금 몸을 굽혔다.

그리고 다음 순간, 경식의 눈앞까지 다가와 검을 휘둘렀다.

'뭐 이리 빨라!'

경식이 다시금 입을 쩍 벌렸다.

그리고 그곳에선 샛노란 바람이 폭풍처럼 뿜어져 나왔다.

트롤 특유의 향취(?)였다.

"흠!"

아그츠는 눈을 찌푸리며 뒤로 물러났다. 그러면서 검을 이용하여 다가오는 노란 연기들에 맞섰다.

검에 닿자마자 연기들이 녹아내리듯 사라진다.

거기까지 본 경식이 하도 어이가 없어서 소리쳤다.

"젠장! 뭐지? 이건 저 녀석이 강한 걸 넘어서……."

경식의 모든 공격이 아예 통하질 않고 있었다.

거기까지 본 슈아가 한마디 거들었다.

"강령술로는 안 돼!"

"뭐?"

"저 검은 강령술의 기운을 모두 빨아들이는, 에리오르슈 가문을 대적하기 위해 만들어진 검이야!"

"그런 게 있다고?"

그 말에, 아그츠가 피식 웃으며 고개를 끄덕였다.

"잘 아시는군요. 제국은 에리오르슈 가문을 통제하기 위해 여러 실험을 거듭해 왔지요. 그리고 찾은 답 중에 하나가 바로 이것입니다."

에리오르슈 가문의 가주 급이 사용하는 능력. 강령술.

그리고 이 무기는 강령술을 원천봉쇄 시킬 수 있도록 만들어진 필살의 검이다.

"이것으론 가주 급도 상대할 수 있을 텐데, 아쉽다고 해야 할까요? 이미 가주가 죽었다는 게 말입니다."

그 말을 끝으로 아그츠의 검이 다시금 움직였다. 역시 눈 깜작할 사이에 도달할 만큼 빠른 몸놀림이었다.

"크윽! 어쩌지?"

우선 경식은 검격을 피하느라 애썼다. 하지만 전부 피

하기엔 그의 몸이 너무 느렸다. 허벅지에 기다란 상처를 안고서 뒤로 물러났지만, 다시금 쇄도해 오는 검격에 심장이 노려질 판이었다.

그때. 제이크의 거친 목소리가 들려 왔다.

"자신의 힘을 끌어내십시오!"

"……!?"

그 말과 동시에 경식의 눈동자가 다시금 검게 변했다. 몸에선 소울 아머가 걷히며 보랏빛의 아지랑이가 뿜어져 나왔다.

경식 본연의 소울 에너지!

"보인다!"

경식이 가까스로 찔러 들어오는 검을 피한 후 아그츠의 가슴에 정권을 밀어 넣었다. 아그츠의 눈동자가 처음으로 흔들렸다.

"큭!"

콰앙!

그의 몸이 쭉 밀려났다. 입에서는 왈칵 하고 피를 쏟아 냈다.

경식과 붙은 이후 처음 있는 일이었다.

"아자자! 통한다, 통해!"

경식이 자신감 넘치는 목소리로 그리 말하며 자세를 잡

았다. 아그츠가 씩 웃으며 검을 버렸다.

"흐음, 에리오르슈 가문의 가주 급도 소울 에너지를 사용할 줄 알았던가요?"

그 말에, 9명의 기사들을 견디면서 제이크가 소리쳤다.

"강령술을 사용하기 위해선 소울 에너지 운용은 필수다! 어찌 걷지 않고 뛸 수가 있겠는가!"

"흐음. 소울 에너지 운용은 아랫것들에게 사사하기 위한 수단이고, 강령술은 자신들의 고유 능력인 줄로만 알았는데, 그게 아니었던 모양이군요."

그리 말하며, 아그츠는 들고 있던 검을 검집에 조심스레 집어넣었다.

스스로 무기라는 이점을 포기하는 격이다.

"사실 이 검이 참 귀한 거라서요. 철보다 강도가 약하기도 하고. 계속 부딪치면 휩니다. 가주급이 아니면 뽑지 않아야 하지요. 닭 잡는 데에 소 잡는 칼을 들 필요도 없거니와……."

팟!

아그츠가 기이한 자세를 취하며 씨익 웃었다.

"맨손격투 역시 저의 장기 중 하나입니다."

스삿!

'또다!'

아그츠가 없어지는 것처럼 사라졌다가 경식의 코앞까지 다가왔다.

처음엔 그것이 무슨 마법적인 작용인 줄 알았지만, 그것은 경식의 눈이 아그츠의 움직임을 따라가지 못했을 뿐이다.

지금 역시 따라가지 못하는 건 마찬가지이지만 조금 전보다 반응속도는 빨라졌다. 자신의 소울 에너지로 운용하고 있기 때문이었다.

뻐악!

어깨 부분을 강타 당했지만, 원하던 바였다. 원래는 얼굴을 직격당하는 한 방이었는데, 그렇게 흘려보낸 것이다.

경식은 겨드랑이로 아그츠의 주먹을 쥐는 데에 성공했다.

"맞은 데 또 맞는 게 어떤 고통인지 가르쳐 주마아아아!"

"크읏!"

아그츠는 뒤로 물러나려 했지만, 경식이 겨드랑이로 꽉 포박된 그의 오른팔은 쉽게 빠져나올 수 없었다. 보랏빛으로 물든 경식의 오른손이 아그츠를 연속으로 강타했다.

소울베슬 1단계 상태에서 낼 수 있는 최고 출력의 에너지 발출. 그것이 10번 이상 연속으로 터져 나갔다.

쾅! 쾅쾅! 콰쾅! 쾅!

"……끄으으윽!"

아주 조금이지만 방심한 대가는 쓰디썼다. 아니, 쓰디써야만 했다. 하지만 아그츠가 입고 있는 흉갑이 번쩍 빛나더니, 증식하고 증식하여 급기야 그의 온몸을 감싸 버렸다.

깡!

7번째 공격이 완벽하게 막히는 순간이었다.

하지만 멈추지 않았다.

그것을 깨부술 요량으로 나머지 3번의 공격을 퍼부었다.

콰콰쾅!

"이익!"

아그츠는 왼쪽 팔꿈치로 경식의 턱을 강하게 후려친 후 뒤로 물러났다. 그 역시 공격을 재개할 힘이 남아 있지 않았다.

쩍. 쩌저저적!

콰창!

아그츠를 감싸고 있던 갑옷이 산산조각 나서 부서졌다. 아그츠는 휘파람을 부르며 공교롭다는 표정을 지었다.

"2급 이상의 충격을 지속적으로 받아야만 깨지는 녀석인데, 과연 에리오르슈의 후예는 다르다 이겁니까? 쿠드군."

"크으. 후. 후우. 후우우우."

사실 경식은 대답을 할 겨를도 없었다. 방금 전 공격으로 반 이상의 소울 에너지를 사용했기 때문이다.

'다음 공격엔 너희 힘도 사용할지 몰라.'

경식은 자신의 것이 아니라 여우구슬 안의 영혼들의 소울 에너지 역시 자신의 것처럼 사용할 수가 있었다.

[취익! 어쩔 수 없지. 내가 나서지 못하니 빌려줘야지! 취익!]

[언제.든 가져가라. 나.서지 못하는 게 한이 될. 뿐이다.]

'역시 투마 녀석은 말이 없군.'

그때. 아그츠가 경식에게 달려들었다.

또다시 제대로 보이지도 않는 공격이 들어온다.

'이번에도 주먹인가!'

경식도 피하지 않고 주먹을 휘둘렀다. 보랏빛 소울 에너지가 잔뜩 담긴 폭발적인 정권 지르기가 아그츠의 주먹과 부딪치는 순간이었다.

그리고.

콰악!

"……!"

그의 소울 에너지가 산산히 부서지며 주먹이 넝마가 되었다.

조금 전에는 통하던 소울 에너지가 통하지 않게 된 것이다.

팍! 팍팟팍! 빠억!

경식은 뒤로 피하지도 못하고 계속해서 얻어맞았다. 그러는 와중에도 자신의 소울 에너지가 조금 전 강령술처럼 산산이 부서진 것에 대해 의문을 품을 수밖에 없었다.

그리고 아그츠의 주먹이 움직일 때마다 맹렬하게 빛나는 그의 반지가 눈에 띄었다.

'아마 저것이 소울 에너지를 상쇄시켜주는 모양인데.'

자신보다 빠르고, 강력한 권법을 가지고 있다. 게다가 강령술을 상쇄하는 검과 소울 에너지를 상쇄시키는 반지까지.

도저히 이길 수가 없는 상대인 것이다.

'그래도…… 내가…… 쓰러지면 안 되는데…….'

경식이 쓰러지려는 찰나, 구미호가 안절부절못하며 경식에게로 날아왔다. 어쩔 수 없이 구미호가 직접 빙의를 하려는 생각에서였다.

[내가 나서야 할 때인 것 같아.]

"안 된다!"

제이크가 눈을 부릅뜨며 소리쳤다.

구각랑이 알스에게 끼치는 영향처럼, 구미호 역시 경식과 빙의하면 경식의 몸을 조금씩 잠식해 들어가는 것을 이미 알아차린 후였기 때문이다.

구미호도 그걸 알기에 망설이던 것인데, 어쩔 수 없지

않은가 말이다.

[어쩔 수 없어. 이대로 다 죽을 거야?]

"크윽! 끄아아아아아! 비켜라, 이 잡것들아아!"

크으으윽!

제이크의 힘이 더욱 거세졌다. 그것은 최후의 발악과도 같은 것이었다. 이것만 견디면 제이크는 얌전해질 것인데, 그 한 고비를 못 넘기고 뒤로 물러나는 기사들이 속출했다.

"지금 무엇을 하는 겁니까, 다들! 신성력을 더 끌어올리세요! 허락합니다!"

츠츠츠츳!

신성력이란, 자신의 생명기. 사용하면 사용할수록 수명이 줄어든다. 어떤 의미에서 보자면 소울 에너지와 비슷한 힘이라고 할 수 있었다.

"끄어어어어어억!"

제이크의 기세가 다시금 약해졌다. 진정된 것이다.

"곧 끝낼 테니, 내가 갈 때까지만 붙드세요. 그게 어렵습니까?"

"아닙니다!"

"그럼 믿겠습니다."

아그츠는 그 말을 뱉은 뒤, 그로기 상태의 경식에게로 다가간다.

구미호는 어쩔 수 없이 경식의 몸속으로 파고들려 했다.

하지만 그때.

경식의 감겼던 눈동자가 떠졌다.

그의 눈동자는 왼쪽은 회색, 오른쪽은 노란색으로 물들어 있었다.

Chapter 3
둘의 반격

　"톨톨톨톨. 정말 기.분 나쁘군. 취익! 웃기는 일! 너와 내가 같은 생각일! 취이익! 줄이야. 취익!"

　경식은 마치 1인 2역을 하듯 표정과 말투를 바꿔가며 떠벌리고 있었다. 그 기이한 현상에 놀란 아그츠가 뒤로 물러날 정도였다.

　"지금 뭐 하자는 겁니까?"

　그 말에, 경식이 왼쪽 눈을 감으며 씩 웃었다.

　왼쪽 눈이 감기자, 오른쪽 눈. 노란 눈동자만이 남아서 이야기한다.

　"톨톨톨. 경.식이 깨어날 때까진 우리.가 상대해 주마."

그리고 왼쪽 눈이 떠지며 오른쪽 눈이 감긴다.

눈동자의 색깔은 회색.

"취이익! 네놈의 장비빨! 그것이 우리에게 통하는지 확인하자 빨리 빨! 취이익! 리!"

"……."

도대체 무슨 소리를 하는 건지 알 수가 없었다. 저것은 자신이 상대하고 있던, 쿠드라는 사내가 아닌 것만 같다.

마치 두 가지 인격이 한 몸에 공존하는 느낌이랄까?

"어찌 되었건, 제이크와는 달리 당신은 죽여야 하는 대상입니다. 그러니 여기서 죽이겠습니다."

아그츠의 몸이 다시금 보이지 않을 정도로 빠르게 경식, 아니. 경식인지 아닌지도 불분명한 사내에게 달려들었다.

경식의 두 눈이 떠졌다.

왼쪽은 회색. 오른쪽은 샛노란 오드아이.

그의 입꼬리가 씩 말려 올라간다.

"톨톨. 보이긴 하는데. 피하는 것보단 막는 게 좋겠군. 취익! 그거라면……."

경식의 왼손이 회색 소울아머로 감싸지며 갑옷처럼 단단해졌다.

그리고 주먹이 그곳을 가격한다.

까앙!

완벽하게 공격이 막혔다!

"맡겨 줘라!"

"……?"

"톨톨. 이번엔 나.의……"

오른손이 노란색으로 번들거리더니 소울웨폰이 길쭉하게 뿜어져 나왔다.

트롤의 것과 같은 다섯 개의 칼날손톱이다.

그것이 빠르게 아그츠의 심장을 관통한다!

"……!"

스팟!

공격을 피하고 재빨리 물러나는 아그츠를 바라보며, 경식이 왼쪽 눈을 감았다.

그러자 온몸의 소울아머가 샛노란 색으로 그 색을 바꾸며 왼손에도 소울 아머가 튀어나왔다.

"스피드라면, 너와 견줄. 정도다. 이단심문.관이여."

경식의 몸이 촛불 꺼지듯 사라졌다.

트롤 특유의 가볍고 경쾌한 움직임이다.

"……!"

아그츠는 위기임을 느끼곤 다시금 하얀 검을 뽑았다.

강령술을 무효화시키는 그 검이 아니었다면, 아그츠의 몸은 20조각으로 토막 날 운명이었을 것이다.

캉! 까가가각!

검에 닿았는데도 소울웨폰은 사라지지 않았다. 그 크기가 1미터에서 30센티 정도로 줄어들었을 뿐, 여전히 형태를 유지하고 있다.

그것을 알아차린 아그츠가 눈을 부릅떴다.

경식이 픽 웃었다.

"영혼이 중.첩되니 사라지.지 않을 수 있.는 것이다."

"주······중첩이라고?"

거기에 대답하는 대신, 경식은 오른쪽 눈을 감았다.

"취이이익! 이번엔 나의 차례. 너 따위 것은 이제······!"

온몸의 소울아머가 회색으로 돌변하였다. 경식 역시 빠른 태세전환이 가능하지만, 이건 아예 간격을 두지 않고 물 흐르듯 영혼의 주도권이 바뀌고 있었다.

순식간에 아그츠의 오른손을 거머쥔 경식이, 그것을 팔이 빠져라 거세게 휘둘렀다.

아그츠의 몸이 머리부터 땅바닥으로 곤두박질쳤다.

그것도 대리석 바닥에 말이다.

콰차차차차창!

바닥에 금이 가며 아그츠가 반쯤 박혔다.

"죽음과 함께할 차례! 취이이익!"

경식이 뒤로 물러나며 두 눈을 떴다.

오드아이.

그것을 본 구미호가 안도의 한숨을 내쉬었다.

[뭐야. 너희 그런 것도 가능했어? 지금껏 왜 안 했는데!]

그 말에, 붉은 어금니가 씨근덕거렸다.

"톨톨. 그대라면 저 냄.새 나는 녀석과 합공.을 하고 싶은
가? 취이익! 나 역시 마찬가지! 그리고 냄새나는 건 네놈이지!
취익취익!"

[하이고, 아주 그냥 좋대요, 좋대. 지금은 그냥 좋아 죽네,
죽어.]

그 말에 경식이 이를 빠득 갈았다. 아마 경식이 아니라 붉
은 어금니나 회색 바람이 지은 표정이리라.

"그나저.나 큰일이군. 경식이 완전히 기절.했다."

[그, 그럼 어떻게 해?]

"취익! 우리가 이곳에서 버팀! 그렇게 하면 얼마 후에 경식
이 일어나버림! 취이익!"

[내가 안 나서도 되겠지?]

"네가 나서.면, 경식의 몸.이 변화한다. 잘 알지 않.는가?"

[그래…… 나도 그래서……]

구미호는 말을 이을 수 없었다. 그래서 직접적인 빙의를 꺼
린다고 말을 하려 했지만, 생각해 보면 직접 빙의를 할수록
경식의 몸이 구미호를 받아들이기에 적합하게 변하게 된다.

하지만 이건 좋게 표현한 것이고, 나쁘게 말하자면 구미호가 경식의 몸을 점점 침습해 들어가는 것이다.

결국에는 구미호가 경식의 몸을 흡수하는 꼴이 된다.

문득 그때 구각랑이 했던 말이 떠올랐다.

[뭐랬더라. 서로…… 열심히 몸을 탐하자고 했었나?]

거참. 목적의식이 아주 뚜렷한 녀석이 아닐 수 없었다. 물론 구미호는 그럴 생각이 전혀 없지만 말이다.

[아직까진…….]

"……후우우우욱!"

그때 반쯤 쓰러져 있던 아그츠의 몸이 벌떡 일어났다. 그가 쥐고 있던 검이 경식에게로 휘둘러진다.

"……!"

경식의 몸에 회색 소울아머가 겹겹이 쌓여지며 그 검을 막아 냈다.

콰창!

물론 막자마자 소울아머가 깨져 나갔지만, 상처를 입는 것은 면할 수 있었다.

"검이 참 성.가시군. 취익! 그래도 버틸 수. 있다. 조금 전 확인했다. 취익!"

"뭐라고 중얼거리든 상관없지만……."

말을 하는 아그츠의 이마에 핏대가 솟아났다.

"저 역시, 저 스스로의 신성력 사용을 허용하겠습니다."

츠츠츠츠츠츠.

그의 몸에서 새하얀 아지랑이가 뿜어져 나오기 시작했다.

그것을 본 경식이 이를 악물었다.

"아무.래도 상황이 더. 안 좋아진 것 같.군. 취익! 그렇다면 싫지만, 어쩔 수 없지 뭐! 취이익!"

쾅!

경식이 양손을 펼친 후 합장했다. 그러자 왼쪽은 회색, 오른쪽은 노란색이던 소울아머가 하나로 합쳐지며 회황색이 되었다.

쫘드드드득!

소울 아머의 겉 표면이 나무껍질처럼 거칠어졌고, 반면에 트롤의 손톱과 같던 소울아머의 굵기가 2배는 굵어졌다.

각기 다른 소울 에너지가 완전히 합쳐진 결과였다.

"재미있겠군요."

아그츠가 씩 웃으며 검을 휘둘러 왔다. 그 움직임은 조금 전보다 2배는 빠르고 강력했다.

그것이 회갈색 소울웨폰과 마주했다.

콰창!

소울웨폰이 수수깡처럼 부러지며 경식의 손을 베어 왔지만 손을 감싸고 있는 소울아머를 뚫지 못하고 멈춰 섰다.

그리고 그것을 놓치지 않고 엎어 칠 요량으로, 아그츠의 몸에 파고들었다.

하지만 이번엔 만만치 않았다. 검을 놓은 아그츠의 주먹이 경식의 안면을 그대로 강타했다.

쾅!

"끅!"

파괴력, 스피드, 정교함 등, 조금 전과는 차원이 다른 사람이 되어 있었다.

결국, 경식의 탈을 쓴 붉은 어금니와 회색 바람은 아무것도 하지 못하고 얻어맞다가 뒤로 주룩 밀려났다.

"커헉!"

경식이 죽은 피를 토해 내며 바닥에 주저앉았다.

"이거 영 힘.들군. 취익. 녀석의 몸이라…… 한계가 있다. 취익."

자신의 몸이 아닌 경식의 몸이다 보니, 아무래도 움직이는 데에 한계가 있었다. 아무리 주도권이 넘어왔다 해도, 원래 자신의 몸이 아니라서 정밀하고 고도의 움직임을 연출해내지는 못하는 것이다.

아그츠는 다시금 검을 쥐고는 빙긋 웃음을 흘렸다.

"이 나를 신성력까지 쓰게 하다니요. 칭찬해 줄 만합니다만, 이제 그만 지옥으로 떨어질 때가 온 것 같습니다."

아그츠가 검을 높게 들었다.

이것이 떨어지면 경식의 몸은 양단될 것이 분명했다.

"마지막 할 말은?"

경식 속에 있는 붉은 어금니가 말했다.

"조금 더 기다.렸다가 본.인에게 직접 물어보.지 그러나?"

"잘 가시지요."

검이 벼락처럼 뚝 떨어져 내렸다.

그때.

'푸하!'

드디어 경식의 의식이 수면 위로 급부상했다.

의식 속에서 고속대화가 이어졌다.

'이게 무슨 일인가요?'

'취익! 어디에 있었나! 지금 완전 죽을 위기다! 취이익!'

'어, 어떻게 하지?'

붉은 어금니가 씩 웃으며 말했다.

'이해할 것 없.다, 동반자여. 그저, 우리.들의 이름을 부르면 된다.'

'당신들의 이름?'

'그렇.다.'

'취이이익!'

경식의 입이 열렸다.

"태론. 이안트!"

촤아아아아아악!

경식의 등 뒤에서 오크와 트롤의 상반신이 뿜어져 나왔다.

거대한 칼날손톱이 아그츠의 검을 막았고, 바위처럼 투박한 손아귀가 그런 아그츠의 양손을 옥죄었다.

꽈아아악.

"이, 이게 무슨!"

아그츠는 갑자기 튀어나온 거대한 트롤과 오크를 노려보며 고개를 갸웃했다.

=와. 동시에 나올 수도 있었어, 너희들?

어느새 두 영혼과 완전한 합일을 이룬 경식이 놀라며 그리 말했다. 그러자 두 영혼이 이를 씩 드러내며 동시에 고개를 끄덕인다.

[투마 녀석 때문에 이 녀석과 합공을 한 적이 있.다.]

[취익! 유쾌하지 않은 경험! 하지만 경험은 경험! 취익!]

"결국 투마 때문에 둘이 친해졌다는 거잖아…… 이거 참."

경식이 머리를 긁적이며 앞으로 다가갔다. 그곳엔 온몸이 포박당한 채 경식을 노려보고 있는 아그츠가 있었다.

"이게. 에리오르슈 가문의 힘입니까?"

"에…… 음…… 그런 것 같군요. 어찌 되었건 이제 끝을 봐야 되는데, 사실 일격을 먹일 힘도 없습니다, 저는."

그런 말을 하며 경식이 아그츠가 들고 있던 검을 빼앗았다.

"이 검이, 아마 강도는 약하다고 했지요?"

경식의 오른손이 보랏빛으로 물들었다.

콰작!

"안 돼!!"

태론과 안트가 다시금 경식의 몸으로 들어갔다.

"……."

아그츠는 부러진 검을 들고 벌떡 일어났다.

"흠! 그럼 끝난 것이냐!"

제이크가 씩 웃으며 아그츠를 바라보고 있었다. 아홉 명의 이단심문관은 예전에 실신한 상태였다.

"부하들이 꽤나 허약하더군. 생명기 조금 썼다고 실신까지 하고 말이야!"

물론 아그츠의 부하들은 잘 해 주었다. 시간을 끌 만큼 끌어 주었다.

문제는 그들이 아니라, 그들이 한계를 뛰어넘어 실신할 때까지 방치해 둔 자신의 탓이 컸다.

그리고 자신을 저지한 자.

아그츠는 경식을 노려보며 이를 갈았다.

"황제 폐하께서 가만히 계시지 않을 겁니다."

"어차피 죽이려고 했잖아요?"

"그렇습니다만."

"거참…… 이로써 황제 폐하인가 뭐시긴가 하는 사람과도 적이 된 거네요."

경식은 한숨을 내쉬며 말했다.

"돌아가세요. 다시는 만나지 말죠."

"……."

아그츠를 포함한 열 명의 이단심문관이 가까스로 일어나 대열을 갖췄다.

그러곤 고른 백작을 노려봤다.

"백작님은 제국에서 꽤 중요한 사람입니다. 당신까지 연루하고 싶지는 않군요. 이들을 쫓아내십시오. 그러지 않는다면 폐하의 분노를 사게 될 겁니다."

"……."

고른 백작은 뭐라고 한마디 하려고 했지만, 경식이 눈짓을 주며 고개를 저었다.

"곧 떠날 겁니다."

"그래야 할 겁니다."

그 말을 끝으로 아그츠와 이단심문관들은 저택을 나섰다.

남은 건 엉망진창이 된 홀과, 아직도 많이 남은 음식들. 그리고 이 이상한 분위기에 내려앉은 적막뿐이었다.

　　　　　*　　　　*　　　　*

　"정말 이렇게 떠나야 하나?"

　고른 백작이 침잠된 눈으로 경식 일행을 바라봤다. 경식은 그런 고른 백작의 눈동자를 의연하게 받아넘겼다.

　"어차피 저희가 버팅기면 백작님이 곤란해지시잖아요."

　"하아…… 제국이 결국 이런 결정을 내리다니."

　거기까지 말한 고른 백작이 몸을 부르르 떨었다. 항간에 알려지기론 마도국이 에리오르슈 가문을 습격할 때, 제국의 대처가 늦어서 도와주지 못한 것으로 되어 있었다.

　하지만 실상은 그것이 아니었다.

　에리오르슈 가문의 몰락은 마도국과 제국의 합작품이었다.

　그것을 알게 된 고른 백작이 느끼는 제국에 대한 배신감은, 보통이 아니었다.

　"정말 배신감이 크군. 이 사실을 안다면 분노에 들끓을 사람들을 나는 많이 알고 있다네."

　그 말에 제이크가 씩 웃었다.

　"그렇다면 널리 알려 주시오!"

　"그래야지. 그래야만 하고말고."

물론 백작도 바보가 아닌 이상 제국이 꺼려하는 비사를 대놓고 까발리지는 않을 것이다. 그렇게 한다면 자신의 영지 역시 황제가 적으로 인식할 것이기 때문이다.

하지만 암암리에는 얼마든지 가능했다. 다른 이라면 몰라도, 제국에 꽤나 영향력이 있는 고른 백작이기에 그것이 가능하다.

고른 백작은 암암리에 에리오르슈 가문에 은혜를 입었거나, 호감이 있던 영주와 단체들에게 직접 방문하여 이 사실을 알릴 것이다.

"그리고 세력을 만들겠네."

"에…… 너무 의미심장하신 거 아니에요?"

경식의 말에 고른 백작이 피식 웃으며 고개를 저었다.

"아닌 건 아닌 거라네. 제국은 악수를 두었어. 게다가 현 황제가 그렇게 정치를 잘하고 있지도 않지. 지금 이 순간에도 수도 외각에서 사람들이 굶어죽고 있다네. 그것은 참으로 안타까운 일이야."

현 시군은 그야말로 귀족세력 자체가 황권에 의심을 품고 있는 상태. 그런 상태에서, 황제는 에리오르슈 가문을 일부러 몰락시켰다.

그것도 마도국과 함께 손을 잡고서 말이다! 그것이 알려진다면 그 반향은 꽤나 거세리라.

거기까지 생각한 경식이 물었다.

"역모라도 하시려고요?"

물론 이곳의 정세나 분위기를 잘 알지는 못하지만, 역모라는 사실을 어느 정도 유추할 수가 있었다.

고른 백작이 씩 웃음을 그렸다.

"내가 야망이 꽤 큰 사람이라네."

"……."

"거기에 대의명분이 섞이면, 내가 아니더라도 역모는 일어날 걸세. 아니, 역모가 아니라 쿠데타라고 말해야 옳지. 그리고 그것은 자네가 큰 전력이 되지 못하면 시작도 못 할 것들이라네."

척!

고른 백작이 금화가 잔뜩 든 가죽 주머니를 경식에게 건네며 말했다.

"그러니 강해지게."

"크으! 이 얼마나 보기 좋은 으리던가!"

그것을 보던 제이크가 눈물이라도 흘릴 듯 그리 말한다.

경식은 얼떨떨했지만, 자신을 바라보는 고른 백작의 눈동자를 무시하지 않았다. 그는 받아든 주머니를 꽉 쥐며 고개를 끄덕여 주었다.

"어차피 그러려고 여행을 떠나는 거니까요. 강해지려고."

"하하하! 좋군. 잘 가게. 이곳 일은 신경 쓰지 말고 말이야!"

경식 일행은 그렇게 길을 떠났다.

떠나는 경식을 바라보는 고른 백작이 피식 웃으며, 남아있는 이에게 말을 걸었다.

"따라가지 않는 겐가?"

"……."

"아. 가라는 게 아니라, 가지 않는 건가, 하고 묻는 것일세. 사실 마법사는 영지에 많을수록 좋은 거라서 말릴 생각은 없네. 더욱이 자네처럼 유능한 마법사는 말이야."

"……."

슈아의 얼굴이 복잡해졌다.

그리고 곧 한숨을 내쉬며 고른 백작에게 안녕을 고했다.

"저는 지금 이곳에 소속되어 있나요?"

"일단은 그러네만?"

"그렇다면 저에게 명령을 내리셔도 돼요. 이곳에 있으라고."

"……?"

"아니면, 저들을 따라가서 도와 달라고 하셔도 전 명령에 따를 수밖에 없겠네요."

"하하하하!"

고른 백작이 이런 유쾌한 아가씨를 보았냐는 듯, 크게 웃으며 고개를 끄덕였다.

"그래! 다녀오게, 파견근물세! 저들을 도와주게. 확실하게 도와줘야하네!"

"그럼 이제부터 저는 당신과 일하는 것이며, 저들을 따라가도 실무경력이 쌓이는 거죠? 연봉도 올라가는 거고, 어느 상단에서건 제 연봉을 확인할 수도 있는 것인가요?"

그 말에 고른 백작의 표정이 대번 당황으로 물들었다.

"그, 그렇……겠지?"

"특별수당도 붙나요? 저와 같은 일류 마법사를 이런 위험한 여행에 투입시키시는 만큼 생명수당도 같이 붙겠죠?"

"……."

"아닌가요?"

"아, 아니…… 에…… 그……."

"가요, 말아요?"

정말 대차고 손해볼 줄 모르는 아가씨였다. 아니, 손해를 안 보려는 게 아니라 기회를 스스로 만든다고 해야 하나? 물론 상대에 따라선 불호령을 칠 수도 있겠지만,

"하하하하! 아주 후하게 쳐줄 테니 갔다 오게."

고른 백작은 정 반대의 호쾌한 성격이라 웃을 수 있었다.

슈아가 빙긋 웃으며 예를 취했다.

마스터에 대한 예였다.

"예스, 마스터."

그리고 쫄래쫄래 경식을 쫓아가는 그녀의 작은 등을 바라보며, 고른 백작은 웃고 있던 입꼬리를 더욱 높이 말아올렸다.

"마음에 들어. 아주, 아주 마음에 들어!"

고른 백작은 그들의 모습이 지평선에 걸쳐 사라질 때까지 그 자리에서 움직이지 않았다.

어느새 석양이 붉게 물들더니 반대편에서 달이 떠올랐다.

Chapter 4
수도로 향하는 여행

"흐음. 엄청 두둑한데요?"

금화는 꽤나 두둑했다. 게다가 금화마다 가운데에 붉은색 보석이 박혀 있었다. 특별한 금화였다.

―헐헐헐. 이게 고급 루비일세. 이게 박혀 있으면, 이 금화는 보통 금화의 10배의 가치를 한다네. 왕년에도 이만큼의 돈을 본 적은 있지만, 이거 다시 보니 느낌이 새롭구먼.

루비금화의 개수는 총 200개였다. 그러니 2만 골드가 들어 있는 샘이다.

한국 돈으로 환산한다면 2억 정도.

개인이 들고 다니기엔 참으로 거대한 액수가 아닐 수 없었다.

"제가 들겠습니다! 무거우니까요."

제이크가 자처해서 돈주머니를 들었다. 주머니의 묵직함을 확인한 제이크가 이를 드러내며 웃었다.

"정말 으리가 충만한 자입니다. 나중에 가문을 일으켰을 때 귀이 쓰시지요!"

"아니 그건 일으켰을 때의 이야기이고, 일으킨다는 것 자체도……."

조금 전에는 고른 백작이 하도 진지해서 맞장구를 쳐줬지만, 경식의 목적은 에리오르슈 가문을 일으키는 것이 아니었다.

그저 집에 돌아가는 것.

집에 돌아가기 위해서는 에리카가 필요했고, 그래서 에리카를 찾으러 가야하고, 에리카를 찾으려면 강해져야 해서 영혼들을 하나둘씩 모으고 있는 중인 것이다.

그러니 가문을 일으킨다는 것과는 역시 거리가 멀었다.

'뭐, 에리카를 마도국에서 구해내는 것 자체가 비슷한 영향을 끼치기는 하겠지.'

에리카를 구출해 내면, 에리카는 분명 자신의 가문을 다시 일으키려고 동분서주 할 것이다. 물론 그러면서 저가 가지고 있는 영혼들을 모두 토해내라고 할 수도 있겠다.

'음, 그건 좀 싫은데······.'

영혼들은 자신의 친구이니, 친구들을 넘기는 건 썩 반갑진 않다. 더군다나 에리카는 그들을 친구가 아닌 애완혼. 그것도 때려야 말을 듣는 악질적인 녀석들로 생각하고 있으니 더더욱 주기 싫었다.

'그때는 그때 가서 생각해야지. 미래의 일은 미래의 정경식에게 맡겨 두자고.'

물론 그것은 먼 훗날의 이야기이니, 지금 신경 써야 하는 것을 신경 써야만 한다.

그리고 그 부분이라는 것은, 다름 아닌 영혼의 채집이다.

채집도 아니고, 친구를 늘려나가는 과정이라고나 할까?

경식의 마음을 아는지, 구미호가 넌지시 말을 걸어왔다.

[이제 영혼을 스캔해 봐야겠지?]

"음! 그래야겠지?"

[그럼 어서 영감 스위치를 켜 봐. 너 잘 하는 거 있잖아, 왜.]

"음. 그래야지."

사실 지금 경식 일행은 정처 없이 걷고 있었다. 거기에 방향성을 실으려면 경식이 영감 스위치를 켜서 영혼의 위치를 찾아야 한다.

그렇게 되면 대략적인 위치는 모르지만 방향과 거리 정도는 알 수 있으니 말이다.

"흐음!"

경식이 눈을 감고, 그의 내면으로 침잠해 들어갔다. 그러고는 제6감을 재가동 시킨다.

파아앗!

머리에 전기가 짜르르하고 울리더니 그가 보는 세상이 약간 변했다.

"뭔가…… 하여튼 이상해."

눈에 먼지가 끼게 되고, 움직일 때마다 그 먼지가 이동한다. 누구나 겪어 보았음직한 일이었다.

그런 먼지 수십 개가 주변을 떠돌고 있다고 표현하면 딱 올바른 표현이리라.

여기서 영감을 좀 더 높이면, 형체화가 된다. 귀신들이 완전히 보이는 것이다.

그렇게 되면 귀신들도 자신이 그들을 보고 있다는 걸 안다. 그리고 자신에게 다가온다.

비단 왕년노인처럼 착하고 선량한 녀석들만 있는 게 아니다. 아니, 대부분 성불하지 못하고 구천을 떠도는 영혼은 악령이다.

그러니 맞상대 해 봤자 좋을 것이 없다. 그래서 꺼놨던 스위치이기도 하고 말이다.

그것을 켰다.

그러니, 많고 많은 정보들 중에 유독 경식의 신경을 긁는 무언가가 레이더에 잡힌다.

그리고 그것이 바로 이곳에서 가장 가까운 곳에 있는 영혼의 위치였다.

경식이 눈을 감고 한 곳을 가리켰다.

바로 동남쪽이다.

"저곳으로 가면 될 것 같습니다."

"흐음! 얼마나 가야 합니까?"

"그건…… 되게 먼 것 같은데요? 일단 정처 없이 걸어야 할 것 같기도 하고요."

"어쨌든 수도와 가까워지는군요."

"오라버니. 그건 좋지 않은 거 아니야?"

가만히 있던 슈아가 불안하다는 듯 말을 꺼냈다.

"으음, 나도 불안해. 하지만 이쪽인 걸 어떻게 해."

경식 역시 불안한 건 마찬가지였다. 자신들은 수도에서 파견 나온 이단심문관들과 싸우다가 쫓겨났는데, 수도 쪽으로 발걸음을 옮기고 있었다.

호랑이 굴을 제 발로 들어가고 있는 것이다.

─헐헐헐헐! 호랑이를 잡으려면 호랑이 굴로 들어가야 한다고 하지 않았는가?

[그건 호랑이를 잡으러 갈 때의 이야기지, 이 멍청아! 목적 없이 호랑이 굴로 들어가는 건 죽으러 가는 거라고!]

구미호도 불안한지 그리 말한다. 경식 역시 불안해지기는 마찬가지다.

"그럼 다른 곳으로 갈까? 그런데 다른 곳은 찾을 수가 없는데……?"

"그렇다면 어쩌겠습니까! 호랑이 굴로 들어가야지요!"

제이크가 자신 있다는 듯 자신의 가슴을 탕탕 쳤다.

"이제 주인님께서도 많이 강해지셨습니다. 그리고 여차하면 제가 도우면 되지 않겠습니까? 너무 걱정하지 마십시오!"

슈아가 어깨를 으쓱이며 핀잔을 주었다.

"어떻게 걱정을 안 해요, 삼촌. 삼촌 이번에도 호되게 당하셨잖아요."

그 말에 제이크가 움찔한다.

"그, 그것은 상대방이 이단심문관이었지 않느냐? 다른 녀석들이었으면 단 칼에 그냥……!"

"그런데 그 이단심문관이 많은 동네 쪽으로 가고 있는 거잖아요? 또 만나지 않는다고 어떻게 장담해요?"

"그, 그래도 나중 가서 내가 다 제압 하지 않았느냐?"

"그건 제가 도와줘서 그렇잖아요. 제가 안 도와줬어 봐요. 오라버니나 삼촌이나 뼈도 못 추렸을 걸요?"

듣고 있던 경식이 고개를 끄덕였다.

"논리적으로 너무 완벽해서 뭐라고 할 말이 없다고나 할까요?"

"그, 그렇…… 지요. 확실히 그렇습니다."

슈아가 옅은 한숨을 푹 내쉰다.

"휴우. 이래서 내가 같이 따라 온 거예요. 알아요, 다들? 내가 없으면 안 될 것 같아서. 그 이단심문관들이 또다시 오면, 제가 또 나서야 되는 거잖아요. 내가 없으면 다 죽을 거면서. 잡혀가서 인체실험 당할 거면서."

슈아는 그리 말하며 제이크를 노려봤다.

"힘만 세면 뭐해요? 그렇게 맥없이 쓰러졌으면서."

"커흡!"

"강령술 하면 뭐해? 강령술 깨부수는 검이 있는데."

"꺼흐읍!"

두 남자가 가슴을 부여잡고 뒤로 물러났다.

그걸 본 구미호와 왕년 노인이 어이가 없어서 슈아를 노려본다.

[허! 나 참 어이가 없어서! 그거 때문에 네가 여기 있는 거잖아, 이년아! 나이도 어리고 쪼끄만 게 어디서 행패야, 행패는!]

─무사는 자존심을 생명과도 같이 여긴다오, 어린 소녀여!

그런 말은 둘에게 아무런 도움이 되지 않거늘! 저것은 분명 도움을 주려는 것이 아닌! 상처를 주기 위한 말임에 틀림없다고 생각하오! 왕년에도 저런 여자가 있었지. 아주아주 골치 아픈 여자였는데 떠오르게 하는구먼! 저런 여인은 그냥……!

"아, 그리고. 나는 못 보지만 여기에 두 명 더 있다면서요?"

……?

슈아에 대한 악담을 퍼붓던 구미호와 왕년 노인의 입이 멈췄다.

"내가 당신들을 보거나 만지지는 못하지만, 그렇다고 일반인처럼 아예 모르진 않아. 당신들이 이상한 말을 하면 어쩐지 귀가 간지러워. 그냥 하는 말이 아니라 진짜 그래. 그러니까 지금 나에게 악담을 퍼붓고 있는 중이겠지. 그렇지?"

[…….]

—…….

두 영혼은 조용히 슈아의 다물어진 입을 주시했다.

"그래서 하는 말인데, 이번 전투에서 당신네들은 뭐했어? 강 건너 불구경 했어?"

[커흡!]

—커허읍!

"물론 알아, 도움이 안 되던 거. 구미호 당신도 쿠드 오빠에게 들어가지 않은 건 잘 한 거라고 생각해. 쿠드 오빠 그때 이후로 이마에 이상한 점 생겼잖아? 붉은 점. 그게 다 당신 때문이라고. 당신이 좀먹은 거야, 그렇지?"

"슈아. 말이 심하잖아!"

"흥. 그러니까 내 욕하지 마. 나 다 알고, 나도 할 말 많아. 나는 흡혼석으로 사용하는 마법들 풀 줄이라도 알지. 당신들은 하는 게 뭐야, 도대체? 잉여 영혼들 같으니라고."

"슈아야!"

"흥! 뭐야. 나를 원망하려는 거야? 오라버니와 삼촌 걱정돼서 안락한 연구실을 포기한 나에게?"

"……"

"고마운 줄 알아달라고 하는 말은 아니었지만, 그래도 짐짝은 아니니까 할 말은 한 거야."

슈아가 그 말과 함께 미간을 찌푸렸다. 그러고는 주변 공기보다 차갑고 뭔가 있을 법한 공간을 향해서 삿대질을 하였다.

그곳은 구미호와 왕년 노인이 있는 정확한 위치이기도 했다.

척!

"짐짝들에게 말이야."

[……]

—…….

"오늘 여기서 야영할 거지? 밤 깊었는데 더 걸을 거예요, 삼촌?"

"아, 아니. 야영해야지! 주, 준비하마."

"오빠도 준비해. 나도 준비할 테니까."

그리 말하며 저마다 각각 야영준비를 하였다.

그것을 보며, 왕년 노인과 구미호는 시무룩해졌다.

—아, 아무 도움도 안 되었던가, 내가! 왕년엔 이러지 않았거늘. 왕년엔 내가 가장 강한 사람이었거늘……!

[흐어엉. 1천 년 산 대가지. 늙으면 죽어야지. 늙으면 죽어야 돼.]

'이미 죽었으면서.'

[야!]

경식은 피식 웃으며 야영 준비를 계속했다. 그러면서도 경식은 구미호를 힐끗힐끗 바라보았다.

슈아가 좀 심하게 말을 한 것 같아, 구미호가 신경 쓰이는 것이었다.

＊　　　＊　　　＊

야영 준비를 끝낸 경식이 구미호에게 다가갔다.

"좀 괜찮아?"

구미호는 여전히 시무룩한 표정을 지으며 고개를 끄덕였다.

[괜찮아아아아.]

"……."

전혀 괜찮지 않아 보인다.

경식은 옆에서 쌔근쌔근 자고 있는 슈아를 힐끗 확인한 후, 구미호의 꼬리를 쓰다듬어 주었다.

"벌써 3개나 났네?"

[세 영혼을 흡수했으니까.]

"흡수가 아니라 동화지."

[그래. 걔네들이 들으면 참 좋아하겠네에.]

"에이, 왜 이렇게 삐딱해?"

[그냐앙. 오늘은 그냥 그러고 싶네에에.]

경식은 그런 구미호를 귀엽다는 듯 바라보다가, 공중에 둥둥 떠 있는 구미호의 동그란 몸체를 곰 인형 안 듯 확 끌어안았다.

[뭐, 뭐야? 왜 이래?]

"잘 때마다 항상 이래보고 싶었단 말이지. 역시 따듯하네. 마치 곰인형 크기의 핫팩을 끌어안고 자는 느낌이랄까?"

[이, 이거 놓지 못해? 아 왜 이래, 사람 많은데에!]

"다 자고 있잖아? 그리고 뭐가 많아? 왕년 노인도 바람 쐬러 나갔고, 제이크도 호법 선답시고 저기서 저렇게 꾸벅꾸벅 졸고 있는데?"

[아, 아니 그래도오오.]

구미호의 불길이 점점 다홍색으로 물들고 있었다. 부끄러운 모양이다. 그리고 그런 만큼 구미호의 몸을 안고 있기가 버거워졌다. 영혼을 느끼고 만질 수 있는 경식은 구미호의 온기를 느낄 수 있어 따듯했지만, 그 온기가 열기로 변하여 뜨거워졌기 때문이다.

경식은 구미호의 귀를 쓰담쓰담 하면서 그녀를 진정시켰다.

"슈아가 몰라서 한 말이잖아. 네가 없었으면 여우구슬도 없었고, 회색 바람이나 붉은 어금니 녀석도 함께 하지 못했을 거야. 투마 녀석도 마찬가지이고 말이야."

[……]

"그리고 네가 나와 직접 빙의하면 얼마나 강해지는지 내가 누구보다 잘 알고 있잖아?"

[갑자기 왜 이렇게 따듯한 말만 골라서 할까?]

"원래 따듯한 남자였나 보지, 내가~"

[이 어리고 쪼그만 게?]

핀잔을 주는 것 같지만, 그 핀잔 속에서 따스함이 묻어났

다. 역시 구미호는 좋은 녀석이라고 생각하며, 경식이 말을
이어 갔다.

"앞으로도 잘 부탁해. 우리가 서울에 가는 그날까지."

[어휴. 정말이야. 빨리 그 에리카인가 뭔가 하는 년을 구출
해서 서울로 돌아가고 싶어.]

"그런데 돌아가면 넌 뭘 할 거야?"

[……응? 글쎄 뭘 해야 되지?]

"흐음."

[흐ㅇㅇ응.]

둘은 즐거운 상상을 하며 밤하늘을 바라보았다. 굳이 대
답을 듣지 않아도 되었고, 들을 수도 없었다. 아직 돌아가서
뭘 해야 할지에 대한 구체적인 계획이 없기 때문이다.

"돌아가면, 얼마나 지나 있을까? 지금 3개월 지났으니까.
딱 3개월만 지나 있으면 좋겠다."

[그러게 말이야.]

또다시 침묵.

밤하늘의 별을 바라보며 그렇게 잠이 들어가는 듯싶었다.

그러는 때에, 구미호가 넌지시 말을 했다.

[내가 너에게 직접 빙의를 하면, 나는 내 의지와는 상관없
이 너의 몸을 내가 있기 편한 쪽으로 바꾸게 되어 버려.]

"……."

[저번에 구각랑이란 녀석이 그래. 그 녀석은 대놓고 알스의 몸을 바꾸려고 들어서 그렇게 빨리 진행된 거겠지. 나 역시 마찬가지야. 조금씩이지만 바꾸게 될 거야. 힘을 더 끌어내려면 그럴 수밖에 없거든.]

"……."

[그러니까. 되도록 안 그럴 거야. 차라리 슈아에게 욕을 먹더라도 내가 나설 상황이 오지 않았으면 좋겠다, 진짜. 듣고 있니?]

"……."

[야! 이렇게 중요한 이야기를 하고 있는데! 지금 너 쳐 자냐? 엉?]

"……."

[와. 와아. 우와아아아 속 터져!]

구미호가 날뛰건 말건 경식은 곤한 잠에 빠져 있었다.

씩—

구미호는 경식의 말려 올라가는 입꼬리를 못 봤으니, 경식은 자고 있는 게 맞았다.

Chapter 5

검을 써볼까?

아침이 밝아 왔다. 모닥불은 꺼졌고, 식사도 건량에 물을 부어 든든하게 뚝딱 해치웠다.

이제 할 일은?

바로 수련이었다.

경식이 총을 쏘듯 검지를 추켜세운 후, 그곳에 온 힘을 집중했다.

보랏빛 아지랑이가 온몸에서 뿜어져 나오더니, 그 손가락으로 집중되었다.

그렇게 10분.

하지만 이내 그것이 바깥으로 발출되는 일은 없었다.

"끄으으읏!"

"으흡!"

제이크가 빠르게 다가와 경식의 손가락을 쥐었다.

퍽!

또다시 소울 에너지의 덩어리가 불완전하게 터져 나가며 제이크의 손아귀를 폭발시켰다.

물론 제이크의 손바닥은 비교적 멀쩡했지만 말이다.

"포션 한 모금이면 충분합니다!"

"한 모금에 70만원이잖아요! 난 오늘도 70만원을 날린 거라고! 아악!!"

경식이 자괴감에 머리를 감쌌다.

제이크가 허허롭게 웃으며 고개를 저었다.

"그래도 많이 좋아지신 겁니다. 발전이 있어요! 일전에는 손가락 세 번째 마디까지밖에 못 모으셨지만 지금은 첫 번째 마디까지 압축하실 수 있지 않으십니까? 장족의 발전입니다. 곧 발출하실 수 있겠어요!"

"끄응…… 그런가요."

힘이 다 된 경식이 무너지듯 주저앉았다.

그러고는 한숨을 푹 내쉬며 말을 이어 갔다.

"제이크. 저는 강한가요?"

"당연한 말씀이십니다!"

"그렇다면 얼마나 강한가요?"

"으음……."

"왜 있잖아요. 소드 익스퍼트 하급, 중급, 상급, 최상급. 그다음이 소드 마스터라면서요. 저는 어느 정도의 사람과 견줄 만하냐는 거죠."

그 말에, 제이크가 곰곰이 생각해 보더니 말을 이어 갔다.

"일전에 싸우신 아그츠라는 자의 실력이 아마 소드 익스퍼트 중상급 정도 될 겁니다."

"아…… 제가 그래도 제압했으니, 그 정도는 된다는 말이네요?"

"아니요. 그 자가 검과 반지. 그리고 신성력을 사용하면 소드 마스터급이 됩니다."

"그럼 제가 소드 마스터와 견주어도 이길 수 있다는 말씀이신가요? 아무리 아이템 빨이라도, 소드 마스터와 견줄 만한 녀석을 제가 이겼잖아요?"

"그렇지 않습니다. 그것은 강령술을 사용했을 때의 이야기이지, 주인님 본연의 강함은 외람된 말씀입니다만……."

제이크가 눈을 질끈 감고 말했다.

"소드 익스퍼트 중하급이십니다."

"그, 그런가요?"

그 말을 듣고 경식은 꽤나 공교롭다는 듯 고개를 끄덕

였다.

"제가 그 정도밖에 안 되었군요."

"소드 익스퍼트 중급인 아그츠의 공격이 잘 보이지 않으셨지요?"

"음…… 그렇습니다."

"동체시력. 반응속도. 그런 것을 다 두고 보았을 때, 그 정도 반응속도시면 소드 익스퍼트 중하급 정도 되십니다. 중상급인 아그츠의 움직임이 보이지 않는 것이 어찌 보면 당연하지요. 게다가 주인님께선 강령술이 있지 않으십니까? 그것을 잘 활용하시면 소드 마스터와도 파워 면에서 견줄 만하다고 생각합니다."

"흐음…… 그래도 좀 충격이네요. 아이템에 의존하던 건 그 이단심문관 녀석이 아니라, 제 쪽이었어요."

아무리 힘의 출력 면에서 소드 마스터와 견줄 만해 봤자, 소드 마스터의 움직임을 따라가지 못한다면 소드 마스터를 이길 수 없다.

말 그대로 잘 드는 칼을 쥔 어린아이의 상태.

그것이 경식의 현 상태였다.

그런 경식을 제이크가 위로했다.

"수련기간이 3개월이라는 것을 감안하면 엄청난 장족의 발전이십니다. 주변에선 저를 백 년에 한 번 나올까 말까 한

재능을 가지고 있다 하더군요. 그런 저 역시 검을 쥔 지 5년
이 지나고서야 소드 익스퍼트 중급에 도달했습니다. 3개월에
중하급이라면 정말 대단하신 겁니다."

"별로 위로가 안 되네요……."

경식은 그리 말하며 어깨를 으쓱였다.

제이크는 그런 경식을 바라보며 어쩔 줄 몰라 했다.

"불편한 진실을 말씀드린 겁니까!"

"음…… 그렇다고나 할까요? 하지만 알아야 할 진실이었
으니까요. 아그츠의 움직임이 보이지도 않았었는데, 그게 고
작 소드 익스퍼트 중상급이었다니."

"중상급의 기사는 대륙 전체에서도 3천 명이 채 안 될 겁니
다."

"3천 명이나 있다니……."

"소울베슬이 2단계로 진입하면 주인님의 경지도 그에 따라
상승하실 테니 너무 걱정 마십시오!"

"그건 좀 위로가 되네요……."

그렇게 말하고서도 의욕 없이 하늘만 바라보던 경식은, 문
득 고개를 들어 제이크의 검 소울이터를 보았다.

"저도 무기 하나 들까요?"

"……예?"

"지금까지 맨손으로 싸워왔지만, 맨손보단 무기가 있는 게

좋을 것 같다는 생각이 들어서요."

들고 보니 그러했다.

강령술을 사용하는 데에 검이 있으면 나쁘리란 법은 없다.

제이크 역시 기뻐했다.

"호오! 도대체 왜 그런 생각을 못 했을까요!"

옆에서 듣고 있던 슈아가 한심하다는 듯 한마디 거들었다.

"지금까지 무기를 들 생각을 못 했단 말이지? 난 또 강령술은 무기 안 드는 줄 알았네."

"……."

"바보들."

"……."

정말, 바보라고 들어도 딱히 할 말이 없었다. 지금껏 회색 바람과 붉은 어금니의 능력만 믿고 맨손으로 깝쳤다고 생각하니 더더욱 그러했다.

"무, 무기를 들어야겠어요!"

"좋습니다아! 대 찬성이지요!"

"그, 그런데 무슨 무기를 들까요?"

"흐음! 그게 또 고민이로군요!"

그 말에, 슈아가 한심하다는 듯 말했다.

"검을 들어야지."

"……검이 좋은 물건이긴 하다만, 검을 우습게보지 말거

라. 도련님께는 더 어울리는 무기가 있을지도⋯⋯."

"무기가 있어 봤자 그 무기의 사용법을 가르쳐줄 사람이
없잖아요? 검이면 아저씨가 가르쳐 주면 되니까 편하지 않
아요?"

"헛!"

"그런 방법이!"

"⋯⋯멍청이들."

슈아가 한숨을 내쉬며 제이크와 경식을 번갈아 바라보자,
제이크는 인상을 찌푸리며 뒤로 물러났다.

물론 경식은 손사래를 쳤다.

"나, 난 알고 있었어! 난 검 배우려고 했다고? 어! 뭐야, 뭐
야. 그 눈빛 뭐야. 난 원래부터 검 배우려고 했었다니까?"

"그렇다면 무기를 배우겠다가 아니라, 검을 배우겠다고 처
음부터 말 했겠지."

"커흡!"

"바보들."

"⋯⋯."

모두가 말이 없자, 슈아가 한숨을 푹 내쉬며 어깨를 으쓱
였다.

"어쨌든 무기를 사용한다는 면에서는 나도 찬성이야. 굳이
맨손을 쓸 필요가 없잖아."

"그, 그렇지? 솔직히 지금까지의 행동이 웃긴 거긴 했어. 음 확실히 그러네."

고개를 주억거리던 경식이 다시금 이야기했다.

"제이크. 검술을 가르쳐 주실 거죠?"

"물론입니다. 여부가 있겠습니까아!"

쾅!

제이크는 어느새 들고 있는 소울이터를 바닥에 내리쳤다. 경식의 눈에는 마치 소울이터를 집고 위로 추켜드는 자세가 생략된 듯 보일 정도였다.

빠르고 정확하고 그만큼 파괴적인 일격이었다.

"대륙에는 이런 말이 있지요. 창을 배우려면 1,000일이 필요하고, 베기 위주의 칼을 배우려면 5,000일이 필요하고, 찌르고 베기에 능수능란한 검을 배우는 데에는 10,000일이 필요하다!"

"오오옷!"

"만 일을 견디려면 무엇이 필요할까요?"

"시, 시간?"

"아닙니다."

"재……능?"

"틀렸습니다!"

쾅!

다시금 소울이터가 바닥을 쳤다.

제이크가 정말 중요한 말을 내뱉을 것처럼 진지하게 한마디 내뱉었다.

"근성입니다."

[아 그놈의 근성 좀 그만 말하라고, 이 뇌까지 근성으로 만들어진 바보 녀석아!]

"크하하핫! 최고의 칭찬이다!"

"……."

경식은 눈앞의 제이크를 바라보며, 저 남자에게 검을 배워도 되는 건가 싶은 마음이 든다.

─허헛. 뭐가 그리 좋아서 웃고들 있으신가?

그때 마침 밤 마실을 하다 돌아온 왕년 노인이 살갑게 끼어들었다.

[영감! 밤사이에 어디를 갔다가 온 거야?]

─헐헐헐. 본디 난 자유로운 영혼이라오. 자네들에게 묶여 있지만 행동에 제약이 없지. 그저 주변에 그리운 기운이 뿜어지고 있어서 가 본 것뿐이라오. 지금은 필요 없는 물건이라 그냥 왔지만…… 흠흠. 뭔가 석연치 않기는 하구먼.

[……무슨 말이야?]

─헐헐! 그저 주변에 뭐가 있나 둘러본 것이라 생각해 주시오. 주변에 마을이라도 있으면 들르고 가는 게 좋지

않겠소?

[그건 맞는 말이네. 그래서 마을은 찾았어? 그런 게 있나, 주변에?]

그 말에, 왕년 노인이 의미 모를 웃음을 지으며 은근슬쩍 말을 돌렸다.

—아니 그것보다 무슨 이야기를 하고 있었던 거요? 경식 군, 무슨 이야기를 하는데 그리 즐거운가?

그 말에, 경식이 아무렇지도 않게 이야기했다.

"무기를 배울까 하고요."

—호오! 좋은 생각일세. 굳이 맨손으로 싸울 필요는 없지. 그래서 배울 무기는 정해졌는가? 나는 봉이나 몽둥이를 추천하네만?

"아뇨. 검을 사용할 겁니다."

—……!

썩 괜찮을 거라는 반응을 기대했던 경식의 표정 역시 왕년 노인의 굳어지는 표정에 맞춰 굳어졌다.

"반대이신가요?"

—그걸 말이라고 하는가.

언제나 생글생글 거리던 왕년 노인의 진중한 어투에 모두가 놀라는 와중에, 왕년 노인이 설교를 시작했다.

—검이란 말일세. 아무리 포장하고 포장해도 사람을 죽이

는 도구일세. 사람을 죽이기에 가장 최적화 된 것이 검이라고 봐도 과언이 아닐 것이네.

"음? 그럼 다른 무기보다 전투에 더욱 특화되고 좋은 것 아닌가요?"

─사람을 죽일 수 있는 이라면 그렇지. 자네, 사람을 죽일 수 있는가?

"……?"

─물론 제이크처럼 검에 익숙할 대로 익숙해진 달인이라면 검을 휘두르면서 상대를 상하지 않게 할 수가 있네. 그것을 활검의 경지라고 부르지.

"오오, 좋은데요? 사람을 살리는 검이라……?"

"흠! 좀체 사용하진 않지만 가능하긴 합니다. 하지만 그런 성가신 것보단, 사람을 죽이는 게 더 낫다고 생각하긴 하지요. 더 쉬우니까 말입니다."

아무렇지도 않게 사람을 죽이겠다고 말하는 제이크. 그런 제이크를 보면서 경식 또한 느끼는 바가 있었다.

"그러니까 영감님 말은……."

─내 말은 초지일관 똑같네. 자네가 사람을 죽일 수 있으면 검을 들게나. 지금의 자네는 너무 물러 터졌어.

"……."

─제이크 자네. 활검의 경지에 도달할 때까지 몇 명의 사

람을 죽였는가?

그 말에, 제이크가 미간을 찌푸리며 말했다.

"지금도 죽이고 있고, 활검의 경지에 올랐다고 자부한 순간까지 죽인 자의 숫자는 기억나지 않는다."

—기억을 할 숫자가 아니라는 말로 들리는군. 그렇지?

그리 말하며 경식을 본다.

—검을 드는 순간 자네는 사람을 죽이게 될 것이네. 그건 어쩔 수 없는 진실이지. 자네가 지금껏 사람을 죽이지 않을 수 있었던 건, 어찌 되었건 간에 맨손으로 상대해서 그렇다네.

"흐음."

—때문에 나는 봉이나 몽둥이를 추천한 거고 말일세. 날이 없으면 검이 아니니까 말이야.

그 말에, 근성으로 버티면 어떻게든 된다고 말할 것 같던 제이크가 오히려 순순히 고개를 끄덕였다.

"그렇습니다. 아무리 주인님의 근성이 대단하셔도, 사람 죽이는 검으로 사람을 죽이지 않을 수야 없겠지요."

"으음…… 검을 포기하라는 말씀이시죠?"

"무슨! 아닙니다!"

"그러믄요?"

"검을 쥔 순간 사람을 죽이는 건 어쩔 수 없습니다. 그건 다른 어떤 무기도 마찬가지이지요!"

"그, 그렇지요?"

"그렇다면. 사람을 죽이는 것에 익숙해지시면 됩니다!"

"……."

"안 될 것 같지만 한 번 죽이면 그다음부턴 쉬워집니다! 근성! 근성으로 첫 살인의 경험을……!"

듣고 있던 슈아가 어이가 없다는 듯 제이크의 등을 후려쳤다.

"이 미친 삼촌이 무슨 소리를 하는 거예요!"

"커훗! 넌 가만히 있거라! 이건 사나이의 길이야! 살인은 어쩔 수 없어!"

"살리기 번거로우니까 사람을 죽이겠다는 사람이 그런 식으로 이유를 정당화 시키지 말라고요!"

"쿵! 네가 무엇을 안다고!"

"으음."

여기저기서 시끄러운 말이 넘나드는 와중에, 경식은 차분하게 생각해 보았다.

그리고 결론을 내렸다.

"무기를 드는 이상, 사람을 상하게 할 수도 있다는 말이잖아요?"

—그렇다네. 아니 거의 상하게 하지.

"전 그러고 싶진 않아요."

―그렇다면 지금처럼 맨손으로 싸우면 되네.

"그래도 무기는 가져야 할 것 같아요. 맨손으로 만족했으면 이런 생각도 안 했겠죠."

―그래서 어쩌겠다는 건가?

경식이 씩 웃었다.

"검을 들 겁니다. 그리고 사람을 죽이지 않을 거예요."

그 말에, 제이크가 고개를 휘휘 저었다.

"주인님. 아무리 그래도 그건 불가능에 가까운……."

그 말에, 경식이 씩 웃으며 제이크의 마음을 돌릴 단 한마디를 내뱉었다.

"근성으로 어떻게든 해볼게요!"

"그, 근성!"

"아니면 의리라던가?"

"으으으으리!"

쾅!

제이크가 경식의 손을 꼭 잡으며 고개를 미친 듯이 끄덕였다.

"죄송합니다! 근성과 으리가 있으면 안 되는 것이 없거늘. 제가 저 영감의 말에 혹하여 그 지고한 의지가 꺾일 뻔했습니다! 오늘도 주인님께 많이 배웁니다!"

"아, 아니 뭘 배울 것까지야······."

—흐음. 그렇게 억지를 부려서 될 문제가 아니거늘 말이야.

왕년 노인은 여전히 부정적이었다.

경식은 한숨을 내쉬며 어깨를 으쓱였다.

"뭐 그리 진지하게 그러세요? 누가 보면 소드 마스터라도 되는 줄 알겠어요."

—허헛! 내가 말하지 않았던가? 내가 검을 들었다 하면 소드 마스터쯤이야 식후 운동거리도······!

"왕년에 말이지요?"

—그러네! 내가 왕년에 얼마나 날렸었는데 말이야! 그런 나의 충고이니 새겨듣게나. 알았는가?

"으음······ 오히려 다른 사람이었으면 참 새겨들었을 텐데 말이죠······."

왕년 노인의 말은 타당했고, 지엄하고 당연한 말이었다. 하지만 그 충고를 말한 사람이 입만 열면 허풍을 토해 내는 왕년 노인이니, 이거 믿고 싶어도 믿을 수가 없는 것이다.

—허어. 자네가 나를 그렇게 박하게 생각하는지는 몰랐구 먼! 이거 참 실망일세!

기껏 생각해 줘서 말을 했는데 모두가 시원찮게 들으니 마음이 상한 모양이었다.

옆에서 구미호가 그런 왕년 노인의 어깨를 두들겨 주었다.

[하고 싶은 게 생겼는데 하지 말라고 하니 기분이 나쁠 수밖에 없잖아~ 왕년 노인이 참어.]

—크흑. 그래도 날 알아주는 사람은 구 선생뿐이구려. 감동했소. 어흐흐흑.

"끄응. 괜히 미안해지니까 분위기를 전환해 봅시다. 슬슬 출발할 때가 되었잖아요?"

맞는 말이다. 이미 해가 중천으로 향하고 있으니, 한국 시각으로 따지면 11시 정도 되었을 것이다.

"그럼 이제 떠나죠! 쭉 가다 보면 마을이라도 나오겠죠?"

"그곳에서 검 하나 사는 것도 좋겠군요! 수도와 가까워지는 만큼 괜찮은 대장간이 있을 겁니다. 제가 검을 봐 드리지요."

"삼촌 신났네. 오라버니도 신나?"

"검을 배울 생각을 하니 신나!"

"가르칠 생각을 하니 참으로 신납니다! 하하하하!"

[어이고, 다들 신났네. 왕년 노인. 저렇게 단순한 애들이야. 너무 신경 쓰지 마. 시무룩해하지 마, 알았지?]

구미호의 위로에도 불구하고, 왕년 노인의 진지한 표정은 풀리지 않았다.

[거참. 되게 딱딱하게 군다?]

구미호의 말을 무시한 왕년 노인이 경식에게로 다가가 눈을 마주쳤다.

아주. 아주 진지한 눈빛이었다.

—흐음. 이보게, 경식.

"네?"

—자네. 정말 검을 들 생각인가?

"으음. 이쯤 되면 너무 심각하신데요?"

—묻는 말에 대답해 주게.

"끄응."

경식은 다시 한 번 고민을 해본 후 고개를 끄덕였다.

"예. 검이 좋을 것 같아요."

—그렇다면 알겠네. 아주 잘 알았어.

"흐음. 도대체 왜 그러시죠?"

—아니, 그냥 노인네의 걱정일 뿐이지. 난 살생을 하지 않는 지금 자네의 모습이 좋거든.

씩 웃던 왕년 노인이 동쪽 허공을 가리켰다.

—저곳으로 가세.

"엥. 저곳은…… 방향이 반대까진 아니어도 조금 어긋나 있는 곳이잖아요?"

—저곳에 마을이 있는 걸 확인하고 하는 말일세.

그 말에 제이크가 고개를 갸웃거린 후 지도를 펼쳐 보았다.

"그곳엔 마을이 없습니다. 지도에 나와 있지 않습니다."

그 말에, 왕년 노인이 빙긋 웃었다.

—척 보아도 화전민촌이었네. 지도에 나와 있지 않은 게 당연하지.

화전민촌.

말 그대로 숲을 태워서 일궈낸 마을이었다. 대부분 영주의 세금을 낼 여력이 없거나, 내기 싫은 이들이 영주의 이목을 피해 몰래 마을을 만드는 경우가 많다.

세금을 내지 않아 좋지만, 도적이나 산적이 쳐들어오면 영주의 도움을 받지 못한다.

아니, 때에 따라서는 영주의 눈에 발각되어 영주군에게 토벌되는 경우도 왕왕 존재한다. 세금을 내지 않는 이들은 도적이나 산적과 마찬가지로 여겨지기 때문이다.

그러다보니, 그런 이들이 모여 있는 곳은 대체로 음산하고, 삶이 팍팍해 사람들이 후하지 않다. 그렇지 않더라도 자기네들끼리 똘똘 뭉쳐서, 외부인의 방문을 반기지 않는다.

그래서 되도록 화전민촌은 피하는 게 좋다.

"그렇다는데요?"

제이크의 설명을 들은 경식이 그리 말했다.

헌데, 왕년 노인의 생각은 다른 모양이었다.

—자네들이 언제 내 말을 들었는가마는, 이번엔 내 말을

듣는 것이 좋을 것 같네. 제이크, 그렇게 생각하지 않은가?

그 말에, 제이크가 신중하게 고개를 끄덕였다.

"그렇습니다."

"뭐야. 아까는 화전민촌 안 좋다 뭐다 하더만요?"

"안 좋긴 하지만, 그렇다고 10일 내내 노숙을 할 순 없지 않습니까? 가지고 있는 건량이 그 정도로 많지는 않습니다. 어떻게든 보급을 하고 가야 하는 실정이지요."

"음 아껴 먹으면……."

"충분히 먹지 않으면 않을수록 2단계에 접어드는 것이 늦어지십니다."

"음 그럼 많이 먹어야겠네요."

그렇게 경식 일행은 발걸음을 돌렸다. 화전민촌이 있는 곳으로 가는 것이다.

"얼마나 걸릴까요?"

—여기서 하루거리일세. 금방 도착할 게야. 내가 안내를 해 주지.

왕년 노인이 앞장을 섰다.

제이크가 평범한 마을이 아니라 화전민촌이라는 것이 못내 아쉽다는 듯 투덜거렸다.

"흐음! 아쉽습니다. 아쉬워요! 보통 마을이었으면 싸구려 대장간이라도 있었을 텐데 말이지요!"

"뭐, 잠깐 들르는 마을이니까요. 검이야 나중에 구하면 되지요."

경식과 제이크가 그렇게 말하는 걸 본 왕년 노인이 지나가는 투로 말했다.

―왜. 혹시 아는가? 그곳에 전설의 명검이 숨겨져 있을지 말이야.

……?

―헐헐. 물론 농담일세. 농담.

왕년 노인의 실없는 농담과 함께, 경식 일행은 화전민촌으로 발걸음을 옮겨갔다.

*　　*　　*

경식 일행은 그대로 곧장 걸어갔다. 제이크가 경식의 무료한 얼굴을 보고는 로얄티를 타고 가는 것을 제안했다.

흠칫!

동시에 두 영혼이 몸을 떨었다. 로얄티를 소환해서 이동하면, 왕년 노인은 전속력으로 달려야 하며, 구미호의 경우에는 목줄 걸린 강아지처럼 질질 끌려가야 했기 때문이다.

다행히 경식은 고개를 저었다. 제이크가 로얄티를 소환하면, 1단계로 머물러 있는 그의 몸을 3단계로 개화시켜야

하기 때문이다. 그것은 제이크에겐 크진 않지만 부담이기
는 했다.

그 말에 두 영혼이 안도의 한숨을 내쉬었고, 편하게 갈 수
있는 기회를 놓친 슈아는 투덜거렸지만 그것을 크게 내색하
진 않았다.

—헐헐. 그렇게 빨리 가지 않아도 곧 나올 걸세. 해가 지기
전에는 도착을 하겠구먼.

말 그대로 반나절 거리였다.

왕년 노인의 말대로 마을에 도달하자 석양이 저물어 가고
있었다.

멀리서 보아도 전체 가구가 100가구도 채 되어 보이지 않
는 조촐한 마을이었다.

*   *   *

"어떤 놈들이냐?"

물론 화전민촌에 경비병이 있을 리 없다.

하지만 눈앞의 문지기의 복장은 경비병이라고 해도 손색이
없을 정도로 훌륭한 것이었다.

깔끔한 가죽갑옷은 웬만한 사슬갑옷보다 견고해 보였으
며, 손에는 싸구려 죽창 대신에 날이 바짝 서 있는 훌륭한 창

이 들려있었다.

그런 문지기가 경식 일행. 아니, 정확히는 제이크를 겨냥했다.

"정체를 밝히지 않으면 찌르겠다."

지금껏 경식을 겨냥하는 이들은 많았지만 제이크를 겨냥하는 이는 없었다. 경식이 아무리 봐도 만만해 보이기 때문이다.

하지만 눈앞의 경비병은 제이크를 겨냥하고 있었다. 만만한 게 아닌, 진정한 강자부터 제압해야 한다는 올바른 생각 때문이다.

훌륭했다.

"호오."

제이크가 씩 웃으며 앞으로 나아갔다. 그러자 경비가 멈칫하며 뒤로 물러서는가 싶더니, 이를 악물고 창을 제이크에게 찔러 넣었다.

제이크는 굳이 피하지 않았다. 그렇다고 맞지도 않았다.

그저 눈을 부릅떴다.

"……!"

경식이 뒤로 주춤 물러났다. 물론 경비 역시 뒤로 물러났다.

제이크의 얼굴이 묘해졌다.

"살기를 읽다니. 일개 경비 치곤 대단하군?"

"……."

상대방은 말없이 창을 빙글빙글 돌리며 기회를 노렸다.

제이크의 미소가 더욱 짙어졌다.

"이기지 못할 싸움! 하지만 달려드는 네놈의 근성이 마음에 드는구나!"

제이크가 경비에게 바짝 다가가더니 손날로 그의 목을 가볍게 타격했다.

그것만으로도 맥이 풀린 경비병이 풀썩 쓰러졌다.

"누, 누구냐!"

"호오. 적지 않은 단련을 거쳤군. 기절하지 않다니."

"드, 들어가지 마라!"

그리 말하며 목걸이에 걸린 것을 입으로 가져갔다.

호루라기였다.

삐이이이이이—!

얇고 날카로운 소리가 주변으로 퍼져 나갔다.

조용했다.

하지만 조용한 가운데 변화가 일어났다. 아니, 사실 조용한 것도 아니었다. 단련이 된 제이크와 경식의 귀에는 슬금슬금 다가오는 군대의 소리가 들렸기 때문이다.

그렇다. 군대였다.

15명 남짓이지만, 분명 사람들이 풀숲에서 대기하고 있었다.

모두가 무두질이 잘 된 가죽갑옷에 바짝 날 선 창을 들고 있었다. 조금 전 경비를 서던 이와 똑같은 갑옷과 창이었다.

"호오."

제이크의 눈에 이채가 어렸다.

반면 경식이 한숨을 내쉬었다.

"사람들을 자극하면 어떻게 해요?"

"죄송합니다. 하지만 정중하게 갔어도 결과는 비슷했을 겁니다. 오히려 약해 보이는 여행객이었으면 잡혀가서 금화를 다 빼앗겼을 테지요. 화전민촌 사람들은 다 그런 사람들입니다."

금화만 빼앗기면 다행이다. 화전민촌에 따라서는 가죽을 벗기고 인신매매를 하는 곳도 있다는 제이크의 이야기였다.

경식은 치를 떨었다.

'뭐야. 아마존이여 뭐여?'

[식인종 같은 느낌이네. 예나 지금이나 돈 없어서 떨어져 나온 것들은 이렇다니까?]

제이크가 씩 웃으며 슈아를 바라봤다.

"슈아. 준비 되었느냐?"

어느샌가 눈을 감고 집중을 하고 있던 슈아가 고개를 끄덕였다.

"응, 삼촌. 맡겨 둬."

그녀가 손을 펼치자, 그곳에서 전기 스파크가 튀었다.

그것을 사용할 필요도 없었다.

그저 보여 주는 것으로 족했다.

검사가 일반인에게 검을 과시하려면 오러 정도는 뿜어줘야 한다. 그렇지 않으면 아무리 빨라도 '아, 센가 보다'라고 생각할 뿐 큰 임팩트가 없다. 수가 많으면 그래도 이기지 않을까 하는 생각마저 들게 한다.

하지만 마법은 다르다.

7서클 마법이라는 헬파이어건, 1서클 마법인 파이어 볼이건, 손에서 뿜어져 나와선 안 될 것이 뿜어져 나오면, 사람들은 놀란다.

이렇게 말이다.

"마법사다아아아아아!"

죽창을 든 인원 중, 기가 약한 사내 하나가 창을 벌벌 떨며 뒷걸음질 쳤다.

공포는 전염된다.

모두 뒷걸음질 치기 시작했다.

처음에 공격을 당했던 경비가 이를 악물었다.

기세가 꺾인 이상 이미 이 싸움은 끝난 것이다.

패배.

그의 태도가 달라졌다.

"이 마을의 촌장인 제른이오."

경식 일행이 무력으로 어찌할 수 없는 이들이라는 걸 알아차린 제른의 태도는 정중했다.

제이크가 씩 웃었다.

"제이크다."

"쿠드입니다."

슈아는 아무런 말도 하지 않았지만, 제른은 슈아를 보면서 이야기를 했다.

"무엇을 하러 오신 겁니까, 높으신 마법사께서 이런 누추한 곳에."

슈아가 서열 1위이고, 경식과 제이크를 그녀의 호위쯤으로 생각하고 있는 모양이었다.

뭐, 아무렴 어떠랴? 편한 게 편한 것이다.

경식과 제이크가 슈아에게 눈짓을 했고, 눈치 빠르고 영특한 슈아는 이 상황을 철저하게 받아들였다.

"천한 것이 눈을 똑바로 뜨고 감히 날 노려보는구나."

"……!"

제른의 눈이 부릅떠졌다. 경식 역시 얘가 왜 이러나 싶은 표정으로 슈아를 바라봤다.

하지만 제이크는 당연하다는 투다.

왜냐. 마법사는 대부분 귀족이고, 귀족행세를 해야 이곳에서 유리하기 때문이다.

하지만 듣고 있던 구미호와 왕년 노인은 기가 찰 노릇이었다.

―헐헐헐. 저 여인이 귀족이던가?

[아이고 내가 모르는 귀족이었나 보네. 저렇게 귀족 연기를 잘해요? 누가 보면 진짜 귀족인 줄 알겠어, 그냥?]

영혼의 비아냥거림이 들릴 리 없다. 슈아의 표정은 오만 그 자체였고, 그것을 보는 제른의 입장에선 믿을 수밖에 없는 상황이다.

과연 바로 저자세로 나온다.

"무례를 용서해 주십시오."

"괜찮다. 알고 그런 것도 아니고. 꽤나 삭박한 곳이로구나."

"도적이다 정규군이다 해서 찾아오는 질 나쁜 손님들이 많아 어쩔 수가 없습니다. 그래서 어떻게 오셨는지……?"

제른이 말을 끌며 한 손을 뒷짐 지었다. 뭔가 뒤쪽에 신호를 보내는 모양이다.

그걸 본 왕년 노인이 뒤쪽으로 빠르게 날아갔다 오더니 말을 이었다.

—헐헐. 뒤쪽에 궁수들이 있구먼. 적당히 네 명 정도인데, 교육을 받았는지 자세가 봐줄 만하더군. 그래도 걱정할 정도는 아니네.

그래도 지내야 할 마을에서 적의를 끌어내면 좋지 않다는 건 슈아 역시 알고 있다.

슈아의 엄격했던 표정이 너그럽게 풀렸다.

"그랬군. 충분히 이해한다. 나는 지금 세상을 구경하는 중이다. 그러던 중 건량이 다 떨어지고 밤도 늦고 해서, 근처를 스캔해 보니 이곳에 생명반응이 있어 와 본 것이다. 하루 이틀 정도 묵을 생각인데, 괜찮겠지? 아마 자네들에게도 좋은 기회일 게야. 돈은 후하게 쳐줄 테니 말이야."

그리 말하며 슈아가 빙긋 웃자, 뒷짐 지고 있던 제른의 손이 스르륵 내려갔다. 동시에 시위를 팽팽히 당겼던 활을 든 이들의 손에서도 힘이 풀렸다.

그리고 그때였다.

"흐앗!"

제이크가 튕기듯이 움직이더니 30미터의 거리를 단숨에 접어버렸다.

그러곤 어리둥절하게 서 있는 이에게서 활을 빼앗은 후 단숨에 시위를 당겼다.

꽈아아악.

"흐음! 과연 좋은 활이로다. 신기하군."

그런 말을 하며, 제이크가 제른을 향해 바짝 당긴 활시위를 놓았다.

촤앙!

공기가 찢어지는 소리가 날카롭게 퍼져 나갔다.

물론 화살은 재워져 있지 않았다.

하지만 겨눠졌던 제른은 자신의 머리가 뒤통수까지 화살이 뚫리는 듯한 착각을 받고 뒤로 물러나다 풀썩 쓰러졌다.

온몸이 땀으로 흥건했다.

"뭐 하는 짓인가, 제이크여!"

[우와, 제이크 삼촌이 아니라 제이크여! 이러는데?]

연기하는 자신의 지위에 심취한 슈아가 아예 수하 부리듯 그리 외쳤다.

그러자 제이크가 픽 웃더니, 덜덜 떠는 이에게 활을 건네주며 말했다.

"잔재주를 부리기에 저도 잔재주를 부려 보았습니다."

"우린 이곳에서 묵을 것이다. 이들은 우리에게 해가 되지 않아."

"아가씨는 항상 무르십니다! 이들은 믿을 녀석들이 못 돼요!"

"또 그런 말을 하는구나! 사람은 믿음. 소망. 그리고 사랑이 있으면 어디서든 행복해질 수 있다 하지 않았느냐!"

[푸하하하하하하하하하하핫! 아이고. 아이고 배야. 믿음 소망 사랑이래, 저년이! 아이고. 아아이고 배야!]

그녀는 웃겨 죽겠다는 듯 허공을 빙글빙글 돌았다. 구미호 가 있는 자리가 아지랑이로 일렁거릴 정도였다. 사람으로 따 지면 배를 잡고 땅을 구르는 것과 비슷했다.

"크크크크! 그래요. 제가 그런 아가씨를 지키겠습니다. 지 옥 끝까지라도 쫓아다니면서 말이지요."

꾹 참고 있던 왕년 노인까지 빵 터지고 말았다.

─크헐. 크헐헐헐! 그런 아가씨를 풉! 끝까지…… 풉! 지키 겠…… 크헐헐헐!

[지옥 끝까지라잖아, 천국도 아니고 지옥 끝까지이!]

─크헐헐헐헐헐헐헐!

빠직!

제이크의 이마에 실핏줄이 섰지만, 그는 둘의 말을 일단은 무시하고 다시금 슈아에게로 와 섰다.

슈아는 한숨을 내쉬며 쓰러져 있는 제른에게 손을 내밀 었다.

제른은 이 손을 잡아야 하나 말아야 하나 고민하다가, 경 식이 눈에 힘을 주자 덥석 잡고 일어났다.

경식도 한 마디 거들었다.

"감히 아가씨의 손을 천한 손으로 쥐다니!"

"크윽!"

조금 전 당당하던 제른의 행동이 눈에 띄게 소극적으로 변하였다. 하지만 보고 있던 두 영혼은 다시금 적극적으로 웃어댄다.

푸하하하하핫!

'이것들이……'

어찌 되었건 이들은 초장에 기가 확 꺾였고, 절대 경식 일행에게 해코지를 하지 못할 것이 분명했다.

귀족도 아닌 주제에 귀족인양 어깨에 힘이 빡 들어간 슈아가, 내려다보는 듯한 시선으로 마을 안을 가리키며 턱짓했다.

"내가 쉴 만한 곳이 있겠지? 난 잠자리가 푹신하지 않으면 잠을 못 자."

[하이고, 저년 저거 완전 꼴값을 떠네. 누가 보면 진짜 귀족인 줄 알겠어요.]

'푸흡'

듣고 있던 경식이 빵 터져서 웃음을 참느라 혼났다.

제른은 곤혹스러운 표정을 지으며 고개를 끄덕였다.

"제, 제 집이라도 마음에 드신다면……."

그래도 이곳에서 촌장인 그의 집이 가장 큰 탓이다.

Chapter 6
마을의 비밀

슈아가 도도한 표정을 일관하며 침대에 누워보곤 고개를
끄덕였다.

"쓸 만하진 않지만, 이곳에선 이 정도가 제격이겠지."

"다, 다행이군요."

제른이 다행이라는 듯 고개를 끄덕였다.

"자네 식구는 어쩔 생각이지?"

"……옆집에서 지낼 생각입니다."

그리 말하는 제른의 뒤에는, 조그마한 꼬마소녀가 있었다.
제른의 딸인 카나였다. 카나는 제른의 뒤에 숨어 빼꼼 경식
일행을 바라보고 있었다.

'귀여운 꼬맹이네.'

그런데 어째 표정이 우울해 보인다. 하긴, 자신의 집이 아닌 다른 사람의 집에서 자야 한다는데 좋아할 리 없었다.

'으음. 뭔가 민폐 끼치는 것 같기도 하고.'

경식이 슈아를 바라보며 말했다.

"아가씨. 이곳은 적진의 집입니다. 어떤 장치가 있을지 알수 없지요. 차라리 빈 집이 있으면 그쪽으로 옮기는 것이 좋지 않겠습니까?"

"음? 하지만……."

"침대 때문이라면 제이크와 제가 들어서 옮기면 되지요."

그리 말하며 슈아에게 눈을 찡긋 했다. 그것을 알아들은 슈아가 한숨을 푹 내쉬며 고개를 끄덕였다.

"흐음. 네 말이 맞구나. 이곳의 촌장이여. 이곳에 빈 집이 있는가?"

"아…… 예! 빈 집이라면 많습니다. 먼지 같은 건 저희가……."

"그건 상관없으니 그곳으로 옮기지. 자네도 그게 좋겠지?"

"그, 그렇지요."

제른과 함께 경식 일행이 향한 곳은 꽤나 넓은 통나무집이었다. 관리를 안 해서 먼지가 쌓여 있고 여기저기 벌레 먹은 곳이 많았지만, 그것은 경식 일행에겐 문제가 되지 않았다.

마법사인 슈아가 있기 때문이었다.

윈드 써클!

방 한가운데에 작은 바람의 소용돌이가 생겨났다. 케케묵은 먼지가 떠오르며 주변이 뿌옇게 변했다.

그리고 그때.

리버스 윈드 서클!

소용돌이 바깥에 다른 소용돌이가 나타났는데, 회전 방향이 정 반대였다.

안쪽에선 오른쪽으로, 바깥쪽에선 왼쪽으로 맹렬하게 돌아가자, 날렸던 먼지들이 장력에 의해 태풍의 눈이라고 할 수 있는 소용돌이 안쪽으로 모두 빨려 들어갔다.

어느새 바람이 멈추자 먼지로 둘러싸인 거대한 공이 완성되었다.

말 그대로 먼지와 오염 덩어리다.

"이걸 들고 가주게."

눈앞에서 신기한 광경을 본 제른이 꿀 먹은 벙어리처럼 아무 말도 하지 못한 채 고개만 끄덕이고는 덩어리를 들고 바깥으로 나갔다.

집은 어느새 깨끗해졌다.

"흐음!"

제이크가 들고 있던 거대한 침대를 그곳에 얹어 놓았다.

단출한 집에 침대라는 가구 하나가 들어왔다.

"구색이 맞네요. 이제. 제가 여기서 잘게요."

"무슨 소리냐! 주인님께서 자야지!"

슈아가 경식을 바라보며 말했다.

"오라버니. 그럴 거야?"

"으, 응?"

"난 바닥에서 자고, 오라버닌 침대에서 잘 거야?"

'둘이 침대에서 잔다는 생각은 안 해봤니?'

[야이, 음란마귀야!]

'그냥 속생각이야 속생각 읽지 마! 야! 어어? 그런 표정 짓지 마? 아청법이 건재한데 내가 그런 상상 하겠어? 그냥 농담 한 거라니까?'

[농담을 너는 속으로 하냐? 그리고 여기에 무슨 아청법이 있어!]

'그, 그런가?'

[솔깃하지 마, 짜샤!]

"내, 내가 바닥에서 자지 뭐."

"주인님!"

"아 그게 좋을 것 같아요. 아무래도 여기서는 슈아가 귀족인 걸로 알고 있잖아요. 제가 침대에서 자면 이상하게 볼 거예요."

"이곳을 엿볼 수 있는 사람은 없으니, 그 면에서는 안심하십시오!"

"삼촌 정말 이러기예요?"

"아무리 그래도 안 되는 건 안 된다!"

"흐음~"

결국 경식의 설득 끝에 제이크는 넘어가게 되었고, 슈아는 웃으며 침대를 만끽했다.

그렇게 하루가 지나갔다.

잠을 자는 동안 혹시 몰라서 제이크가 보초를 섰는데, 마을 사람들은 경식 일행을 암습할 만큼 간 큰 인간들은 아니었던 모양이다.

아침이 다가왔다. 경식은 제이크의 코고는 소리를 들으며 자리에서 일어났다.

"흐음. 상쾌하네."

경식이 기지개를 켜며 자리에서 일어나 집을 나섰다. 그래도 일단 방문한 마을이니 이곳저곳 둘러볼 생각이었다.

[일어났어?]

쭈그려 앉아 골똘히 생각에 잠겨 있던 구미호가 경식이 일어난 걸 확인하고 달려왔다. 경식은 웃으면서 그런 구미호의 꼬리를 어루만졌다.

"산책 할 건데 같이 갈래?"

[묶여 있으니 싫어도 같이 가야지 뭐. 그런데 좋아~ 산책 산책.]

구미호도 신난 모양이었다. 경식은 피식 웃으며 이곳저곳 돌아다녔다.

"으음. 외할머니 집이 생각나네."

할아버지야 말할 것도 없이 무당이시고, 자신만의 신사가 있어 산속에서 꽤나 풍족하게 사시고 있었지만, 외가는 그렇지 못했다.

걸을 때마다 소똥 냄새가 진동하는 시골이었다.

소이 말하는 '깡촌'이다.

그리고 지금 눈앞의 풍경은 그런 깡촌보다 2배는 허름해 보이는 그런 집들이 늘어서 있었다. 차라리 처음 이곳에 떨어졌을 때, 갇혀있던 오크들이 살던 집이 이곳보다는 나아 보인다.

그리고 주변엔 아무것도 없어서, 아무도 살지 않는 곳 같았다.

[아직 새벽이라 그럴 거야. 너 되게 빨리 일어났어, 오늘.]

"응 그러게. 이런 날도 있는 거지."

모두 자고 있겠지.

그런 생각을 하면서 바깥 공기를 들이마시고 있는데, 귓가에 어떠한 소리가 들려 왔다.

마치 수십 명의 사람들이 기합을 지르고 있는 소리.

거리가 멀어서인지, 그 소리가 아스라이 들려온다.

"음?"

경식은 소리가 나는 곳으로 걸어갔다. 그러고는 얼마 안 있어 공터에 도착했다.

하!

하아아!

그곳에선 스물 남짓의 건장한 남성들이 창을 들고 그것을 똑같은 자세로 휘두르고 있었다.

그리고 그 앞에선 누군가가 그들을 지도하고 있었다.

바로 촌장인 제른이었다.

제른이 창을 들어 앞으로 뻗었다.

휘잉—! 하는 소리와 함께 허공이 갈린다. 그 자세를 따라서 다른 남자들이 똑같이 창을 휘둘렀다.

"하아!!"

절도 있는 모습이다.

"군사훈련이라도 하나 봅니다. 확실히 이상한 모습이군요."

그때, 뒤에서 누군가가 말을 걸어왔다. 깜짝 놀라서 뒤를 돌아보니, 그곳에는 제이크가 씩 웃고 있었다.

"언제 깨어나셨어요?"

"주인님께서 나가시는데 당연히 와 봐야지요."

"슈아는 어쩌시고요?"

"메모라이징 중입니다. 그리고 슈아는 마법사이니, 공격하지 않을 겁니다. 게다가 이곳의 공격쯤은 충분히 튕겨낼 만큼의 실력이 있는 아이이죠."

"아무리 그래도……."

우뚝.

그때. 기합소리로 가득한 공터가 일순 조용해졌다.

경식과 제이크를 본 제른이 창을 멈춘 것이다. 제른을 포함한 모든 이들의 시선이 경식과 제이크를 향했다.

창의 끝 역시 그것은 마찬가지였다.

"지금 싸움을 거는 것인가!"

제이크의 고함에 움찔했지만, 이번엔 마법사인 슈아가 없어서 그런지 순순히 꼬리를 말진 않았다.

"쉽게 꺾일 전력이 아니란 걸 알 텐데?"

"크하하하핫!"

제이크의 눈동자에 핏대가 서기 시작했다.

그걸 확인한 경식이 재빨리 둘을 제지하고 나섰다.

"우리는 그저 산책을 하다가 소리가 들려 와본 것이오."

"……."

"정말이오. 믿어 주시오."

귀족의 호위 치고는 예의 바른(?) 경식의 태도에, 한결 누그러진 제른이 창대를 내렸다. 그러자 모두가 창대를 내린다.

아주 잘 벼려진 칼날 같은 군기였다.

"그런데 왜 이렇게 열심히 수련을 하시나요?"

그 말에, 제른이 어깨를 으쓱였다.

"당연하지 않소. 마을을 지켜야 하는데."

"으음……."

그래서 이렇게 훈련을 할 수도 있다. 확실히 그건 맞는 말이다.

하지만 그렇다기엔 좀 도가 지나친 감이 있는 것 같아서 하는 말이었다.

물론 저렇게 말하는데 더 캐물을 수도 없는 노릇이고, 별로 캐묻고 싶지도 않고.

그런 생각을 하는 사이, 제이크가 그들의 무기를 보며 씩 웃었다.

"아주 훌륭한 대장장이를 두었군."

"……?"

"이분…… 아니, 이 친구가 검을 한 자루 가져야 하는데, 그 대장장이는 어디에 있지?"

그 말에, 경식이 뭔가 깨달은 듯 고개를 끄덕였다.

"아아, 대장장이가 이곳에 있군요?"

"그것도 아주 솜씨가 좋습니다. 담금질을 하는 솜씨도 좋고, 게다가 같은 물건을 찍어내듯 똑같이 만드는 것도 상당한 재주지요."

맞는 말이었다. 한국처럼 공장이 있어서 똑같은 물건을 찍어내는 것도 아니고, 한 사람이 만드는 건데 창을 똑같은 규격으로 똑같이 만든다는 건 대단한 재주였다. 갑옷 역시 마찬가지다. 훌륭한 대장장이인 것이다.

하지만 제른의 대답은 냉담했다.

"그런 대장장이 없소."

"그렇다면 그 무기들은?"

"……."

"숨길 텐가?"

"……죽었소."

죽었다면 할 수 없다. 하지만 없다고 하다가 죽었다고 하는 건 뭔가 숨기는 게 있다는 뜻.

제이크가 윽박지르려 할 때, 제른이 뒤돌아 다시 제자리로 가며 한마디 툭 내뱉었다.

"곧 죽을 것이오."

제른의 창이 허공을 갈랐다.

촤악!

뒤이어 기합 소리가 쩌렁하게 울린다.

"이것들이······."

제이크의 얼굴이 딱딱하게 굳었다. 이대로 놔두면 사단이 날 것 같아서, 경식은 제이크의 손을 꽉 잡고 고개를 내저었다.

"그냥 가요."

"······."

제이크 역시 경식이 이렇게 나올 줄 알고 있었기 때문에, 군말 없이 집으로 돌아갔다.

둘이 떠나는 걸 확인한 제른이 이를 악물며 창을 휘둘렀다.

파앙!

공기가 부서지며 강력한 소리가 울려 퍼졌다.

슈우우욱!

"하아!!"

다른 이들 역시 창을 뻗었다. 조금 전보다 기합소리 역시 컸다. 모두가 같은 마음일 것이다.

'대장장이라······.'

빠득.

제른은 이를 갈며 씹어뱉듯 말했다.

"곧······ 죽일 것이다."

"······."

그런 모습을 멍하니 보고 있는 작은 인영이 있었다. 바로 그의 딸 카나이었다.

카나는 경식과 제이크가 사라진 곳을 멍하니 바라봤다.

소녀의 눈가가 촉촉해졌다.

* * *

해가 뉘엿뉘엿 저물어가고 있었다.

대접해 준 점심을 먹은 후, 슈아가 인상을 찌푸렸다.

"차라리 육포를 씹는 게 나은 것 같아."

이곳엔 육포나 건량 같은 간편한 음식도 없었다. 귀리죽이나 딱딱한 빵이 전부였다. 경식 일행은 이곳에서 보급품을 충전하자는 생각을 접었다. 그래도 노숙을 하는 것보단 나아서, 내일 아침에 떠날 계획을 끝마쳤다.

—헐헐. 결국 휴식 말고는 얻은 게 없는 셈이로군?

"그런 것 같네요. 괜히 들른 건가?"

[아니야. 그래도 집에서 쉬는 게 노숙보다는 낫지. 잘 한 거야, 잘 한 거.]

"그래도 무기가 아쉽네요. 적당히 나뭇가지라도 깎아서 차고 다닐까……."

—헐헐. 그것도 좋은 생각일세. 차라리 그러한 몽둥이면

사람 죽일 일은 없겠구먼.

"거참 검 좀 쥐었다고 계속 참견 할 거예요? 날이 서 있어도 안 죽일 수도 있잖아요?"

—헐헐헐. 검을 쥐어보지 않은 풋내기가 하는 소리라서 웃음이 나온다네.

"끄응. 말을 말아야지, 내가."

경식이 그런 식으로 푸념을 하고 있는데, 듣고 있던 제이크가 못마땅하다는 표정을 지었다.

"그 촌장 녀석을 족치면, 대장장이가 있는 곳을 가르쳐 줄 겁니다. 제가 당장에 가서 그 녀석을⋯⋯!"

"어휴 그러지 마세요. 뭔가 가르쳐 주지 않는 이유가 있겠죠. 수도에 가면 검 많다면서요? 거기서 구하면 되는데 굳이⋯⋯."

"검⋯⋯."

경식이 만류하는 가운데, 창문 너머에서 조그맣게 소리가 들렸다.

"누구냐!"

제이크의 말에 흠칫 놀랐는지, 문 너머에서 엉덩방아 찧는 소리가 났다.

누군지 확인해 보니 카나였다.

경식이 제이크를 노려봤다.

"왜 매사에 그렇게 소리만 질러요! 애가 놀랐잖아요!"

"하, 하지만…… 크으! 죄, 죄송합니다!"

"아이한테 사과하세요!"

"미, 미안하다!"

"훌쩌억."

카나는 한동안 울먹거리더니, 경식을 바라보며 올망졸망한 입을 열었다.

"무기…… 대장장이……."

"응? 더 크게 말해 주겠니?"

"대장장이…… 아저씨…… 있어요."

"음?"

"저기…… 저기 있어요. 대장장이 아저씨."

카나는 조그마한 손으로 어딘가를 가리켰다. 소녀의 손가락 끝에는 자그마한 산이 지평선에서 불쑥 솟아나 있었다.

*　　　*　　　*

산세는 그리 험하지 않았다. 하지만 동네 앞산 치고는 울창한 나무들이 우거져 있었다.

소녀가 오르기엔 버거운 산임에는 분명했다. 하지만 카나는 어려움 없이 능숙하게 산을 오르고 있었다. 그것으로 소녀가 이곳을 한두 번 오르내린 것이 아님을 알 수 있었다.

"곧 도착이야!"

"그렇구나. 같이 좀 가자."

경식은 빙긋 웃으며 그런 소녀의 뒤를 따라갔다. 그의 곁에는 구미호 말고는 아무도 없었다.

제이크가 따라오려고 했지만, 카나가 제이크만 보면 울음을 터뜨리는 바람에 그럴 수가 없었던 것이다.

"근데 왕년 노인은 왜 안 왔지?"

[그건 잘 모르겠어. 요즘 도통 종잡을 수 없는 일을 많이 하고 다니잖아? 이곳도 그 양반이 놀러 다니다가 발견한 곳이고.]

"뭐, 인지반경이 넓어져서 우리야 편하지. 말 많은 노인네니까 알아서 나가 놀아주면 입 하나 덜고 좋잖아."

그런 말을 하는 사이 카나가 발걸음을 멈췄다.

그 앞에는 산답지 않은 완만한 땅과 자그마한 밭, 그리고 허름한 집이 있었다. 왠지 모를 동화의 한 그림 같은 집이었다.

그리고.

땅— 따앙—

담금질 하는 소리가 들려옴과 동시에, 피부로 후끈한 바람이 불어오고 있었다.

누가 봐도 대장간이다.

"으음. 대장간이 확실히 있구나?"

"내 말 맞지?"

카나는 싱긋 웃더니 총총걸음으로 그 허름한 집 문을 열었다.

"안녕하세요~"

그 말에, 일정하던 담금질 수리가 뚝 멈추었다.

그리고 서른 즈음 보이는 누군가가 뒤를 돌아 그런 카나를 맞았다.

"이곳에 오면 안 된다고 하지 않았느냐?"

"하지만 아저씨가 좋은 걸요."

"컴컴. 이 녀석…… 내일은 오지 말거라!"

"싫어요!"

낯을 많이 가리던 카나가 눈앞의 남자에겐 그러지 않은 모양이었다. 남자는 카나와 정다운 시선을 주고받았는데, 남자가 문 뒤에 있는 경식을 확인하곤 인상을 굳혔다.

"누, 누구시오!"

"아, 아니 그 무식한 망치부터 놓고 말씀을 하시지요?"

그리 말하며 경식이 빙긋 웃었다. 사람 좋은 경식의 웃음을 본 남자가 경계를 풀었다.

"이 마을 사람은 아닌가 보군요."

"뭐…… 그렇다고 볼 수 있죠."

"하긴…… 이 마을 사람이라면, 나에게 그런 웃음을 지어 줄 수 있을 리 없지."

"……?"

의미 모를 말을 뱉은 남자가 다시금 담금질을 시작했다.

땅—

따앙—!

"그래, 무슨 일로 왔소? 참극 이후를 구경하러 온 거요?"

"참극 이후요?"

"……모르는 모양이군?"

남자의 표정이 기묘하게 변했다. 하지만 담금질은 계속되고 있었다.

"대장간에 무구 사러 오지 무얼 사러 오겠어요?"

"……사러 왔다고? 무기를? 나에게 말인가?"

그러더니, 남자는 카나를 바라본다.

"이 양반. 아무것도 모르는 것이냐?"

그 말에, 카나가 울먹이며 고개를 끄덕였다.

"아저씨는 잘못이 없잖아요……."

"아니. 내 잘못이 가장 크지."

[아니 도대체 둘이서 무슨 대화를 저렇게 이상하게 한대? 가르쳐 주고서 하든지 말이야. 사람 따돌리는 것도 아니고!]

구미호의 말에 경식도 동감하는 바였다.

아니 이건 뭐 따돌리는 것도 아니고, 모르는 대화를 계속 해서 둘이 주고받으니 기분이 약간 나빠지려 그런다. 그 기색을 알아차렸는지 남자가 고개를 휘휘 저었다.

"모르는 게 낫소."

"그건 몇 번 찔러줘야 말을 할 테니 몇 번 찔러 주라는 뜻으로 들리는데요?"

"……."

사내가 경식을 차근히 보더니, 한숨을 푹 내쉬었다.

"정 그렇게 듣고 싶으면 말을 해 주도록 하지. 이 마을의 비밀을 말이야."

경식은 '아니 별로 소름 끼치게 듣고 싶은 정도는 아니라서'라고 말을 하고 싶었지만, 이미 남자는 이야기를 시작하고 있었다.

* * *

사내의 이름은 솔라스였다.

검을 쥔 솔라스.

이곳에선 그를 그렇게 불렀더랬다.

솔라스는 자신의 친구와 함께 8년 전 이곳으로 온 용병을

겸하는 대장장이었다.

그의 친구는 꽤나 유명한 기사였는데, 용병이던 자신을 친구로 받아들일 만큼 의리와 넉살이 좋은 그런 친구였다.

방랑기사와 용병.

그들은 이런저런 마을을 떠돌아다니다가 나이 40이 되어 이곳에 정착했다.

화전민촌.

처음 이 마을에 왔을 때에는 사람들이 모두 쌀쌀맞고 경계를 심하게 했었다. 하지만 솔라스와 그의 기사 친구인 데이비드는 그런 것에 굴하지 않고, 마을 사람들에게 거리낌 없이 다가가려했다.

솔라스는 철제 농기구를 만들어 주었고, 그의 친구인 데이비드는 마을 사람들에게 검술이나 창술 등을 가르치며 가까워지려고 애썼다.

하지만 과연 화전민촌 사람들. 세금이 없어서, 아니면 도망자 신세를 견디기 힘들어 도피한 사람들이 대부분인 이곳은, 그들을 잘 받아들여 주지 않았다.

그러던 어느 날. 산적단이 쳐들어왔다.

많은 사람들이 죽었다.

100가구 중 10가구는 죽었으리라.

하지만 그들은 슬기롭게 대처하고 맞서 싸워서 승리를 거

둘 수 있었다. 만약 솔라스와 데이비드가 없었더라면 벌써 지워졌을 마을이다.

그날부터 솔라스는 무기와 방어구를 더욱 열심히 만들었고, 데이비드는 그것을 사용하는 법을 적극적으로 가르쳐 주었다. 위기의식을 느낀 마을 사람들은 더 이상 그들을 경계하지 않고, 열심히 그 가르침을 배워 나갔다.

자신들의 소중한 것. 재산과 가족을 지키기 위해서 그들은 필사적이었다.

그렇게 8년이라는 세월이 흘렀다.

초로의 촌장이 죽고, 새로운 촌장을 뽑아야 하는 시기가 왔다.

촌장에 뽑힌 것은 다름아닌 데이비드였다.

그것에 이견은 없었다. 오히려 모두들 잘 되었다고 좋아했다. 솔라스 역시 열심히 마을 사람들과 동화되려 노력했지만, 무기를 만들려면 산골에 살아야 했다. 사람들과 부대끼며 살던 데이비드가 당연히 더욱 많은 신임을 받는 건 당연했다. 현지인이 아닌, 흘러들어온 그들 중 데이비드가 촌장이 되었다는 것에 둘은 감동했다.

두 사람은 더 이상 이곳에서 외지인이 아니었던 것이다.

그것을 축하하기 위해 두 사람은 조촐한 술자리를 가졌다. 장소는 조용한 솔라스의 공방. 그곳에서 그들은 직접 담군

술로 기쁨을 만끽했다. 술 역시 그들이 이곳에 도착했을 때 담근 술이라, 그 의미도 남달랐다.

그러던 때에 누군가가 산 위에서부터 내려오는 기척이 느껴졌다.

마을을 통해서 산을 오르는 게 아니라, 뒤편에서부터 산을 넘어 내려오는 길인 듯했다.

누구인지 몰라도 좋은 날이다. 웃으면서 다가가려 했다.

헌데 상대방의 상태가 이상했다.

몸은 헐벗은 상태에 한쪽 팔은 없고, 왼쪽 눈동자는 빛을 잃었으며, 그나마도 오른쪽 눈동자에선 피눈물을 줄줄 흘리고 있었다.

결코 정상이 아니었다.

말을 걸어봤지만, 대답 대신 칼 세례가 날아왔다.

"우웃!"

캉―!

데이비드의 실력은 마을 내 건장한 사내들을 상급 병사로 탈바꿈 시켜놓을 정도로 대단한 것이었다. 하지만 불콰하게 취한 상태였고, 상대방은 취한 상태에서 제압을 할 수 있을 만큼 약하지 않았다.

결국 데이비드가 내지른 검에 상대방의 목이 둥실 떠올랐다. 당황스러운 사실은, 죽었음에도 불구하고 사내는 검을 들고 데이비드를 공격했던 것이다.

때문에 상대를 죽이고 방심하고 있던 데이비드의 배가 깊게 베이고 말았다.

"끄으!"

심음성을 토해 내며 데이비드가 상대방의 몸을 일도양단했다. 그제야 상대방은 움직임을 멈췄다.

"자네. 괜찮은가!"

"크으……."

데이비드는 내장이 흘러나오고 있는 상태였다. 지금 빨리 응급처치를 하지 않으면 죽는 상황.

먹던 술을 상처를 소독하는 데에 사용했고, 전장을 종횡하던 용병 때의 기억을 살려 그의 상처를 꿰매고 치료했다.

다행히 치료는 잘 되어 회복하는 일만 남은 상태.

솔라스는 이 사실을 마을에 알리고 돌아왔다. 마을 사람들은 걱정을 해서 당장에라도 이곳으로 오겠다고 하였다. 그것을 겨우 만류하고 다시 되돌아 온 솔라스는 눈을 부릅뜰 정도로 놀라고 말았다.

데이비드가 멀쩡하게 걸어 다니고 있었던 것이다. 죽은 남자가 쥐고 있던 검을 들고서 말이다.

"아아. 이 검을 쥐고 있으니 몸이 낫는 기분이야."

오랜 시간 검을 만들어오던 솔라스이기에 느낄 수 있었다.

저 검은 위험했다.

"자네는 회복되고 있지 않아. 그저 그 검이 상처를 막고 있을 뿐이네. 회복이 아니야."

실지로 회복이 되고 있는 것은 아니라 그저 상처를 막고 있을 뿐이었다. 그 말을 믿지 않던 데이비드도, 검에서 손을 떼자 상처가 벌어지는 걸 확인하고는 고개를 끄덕일 수밖에 없었다.

"흐음. 그렇군."

"자네. 내 말 듣게. 그것은 저주받은 검이야. 자네가 죽인 남자 역시……."

"알겠네."

그는 주위의 말을 들을 줄 아는 훌륭한 친구였다. 데이비드는 치료에 전념했고, 솔라스는 그 검을 우선 자신의 방 쪽에 걸어 놓았다.

그리고 이튿날.

솔라스는 어느 순간엔가 검으로 손을 뻗고 있는 자신을 발견했다.

"무, 무슨 짓이지, 내가?"

저 검은 분명 저주받은 검이 확실하다. 그럼에도 손을 뻗고, 쥐고 싶다.

"정말 요검이군. 요검이야."

그는 검을 쥐고 싶은 욕구를 꾹 눌러 참으면서 바깥으로 나왔다. 오늘은 주변 마을로 창과 검을 만들 재료를 사러 가는 날이었다.

"3일이면 다시 돌아올 수 있을 걸세. 자네는 워낙 많이 먹으니 일주일 치를 두고 감세. 조금만 참게나."

"그렇군. 3일이나 못 보는 겐가?"

"대신 자네를 돌봐 줄 이들이 있네. 부탁을 하니 두말할 것도 없이 도와주더군."

"후후. 우리도 이곳 마을 사람이지 않은가."

"자네는 촌장이고."

"그렇지. 내가 촌장이지."

"그럼 나는 빨리 다녀옴세. 창 20 자루를 더 만들어야 하는데, 이게 재료를 여간 많이 먹는 작업이라."

그리 말하며 나가려는 차에, 데이비드가 솔라스의 팔을 붙잡았다.

"검은 어디에…… 있는가?"

"또 검 타령인가."

"가져오게. 난 그 검이 아니면 안 되겠어."

"우선 몸이 다 회복 된 후에……."

"부탁함세!"

꽈아아아아아악.

데이비드의 눈에는 광기가 뿜어져 나오고 있었다. 솔라스는 그런 데이비드의 손을 뿌리쳤다.

"다녀오겠네. 곧 자네를 간병해 줄 사람들이 올 거야."

데이비드는 발걸음을 재촉하여 근처 영지로 향한 뒤, 철과 구리 등을 구입한 후 돌아왔다. 3일이라는 시간이 걸릴 일이었지만, 서둘러 오니 이틀 정도가 지나 있었다.

"아무 일 없겠지."

데이비드는 조바심이 나는 마음을 겨우 진정시키며 산을 올라 자신의 처소에 도달했다.

그리고 마주한 광경은, 자신이 상상했던 모든 나쁜 경우의 수보다 훨씬 최악의 결과였다.

"왔는가."

검을 한 손으로 비끄러맨 데이비드가 솔라스를 보곤 씩 웃고 있었다.

주변엔 마을사람들의 시체와 그 시체가 뿜어낸 핏방울들로 붉게 물들어 있었다.

모두 데이비드를 회복시키기 위해 간병을 온 소년, 소녀, 그리고 여인들이었다.

"이게 무슨 짓인가!"

"그러게. 이게 도대체 뭐 하는 짓이었을까."

데이비드는 자조적인 미소를 지으며 자리에서 일어났다.

"검을 찾게 도와준 이들이네. 검을 시험해도 되냐니까 알았다고 하여, 시험을 해 본 거지."

"……."

"아주 잘 드는 검이야. 정말 이건…… 반할 수밖에 없는 검일세."

"……."

"그런데 너무 야들야들한 것들만 베다 보니, 좀 더 거친 것들을 베고 싶어져서 말일세. 자네가 도와주겠나? 우리 친구 잖은가."

"미쳤군."

데이비드는 이미 광기에 사로잡혀 인성 자체가 변한 듯했다. 솔라스는 이를 악물며 주변에 굴러다니는 자신의 망치를 들었다.

"사신망치 솔라스는 유명했지."

"신사의 검 데이비드 역시 유명했는데……."

"이제 신사가 아니라 사신이 되고 싶군. 이 검을 따라 그런 길을 걷고 싶어졌네."

"……."

"자네가 첫 재물일세. 그다음은 마을사람들이고."

"정말 그게 자네가 원하는 것인가?"

그 말에 데이비드가 검신을 혀로 핥았다.

"검이 원하네. 검이 원하는 건? 내가 원하는 것이지."

더 이상 말할 필요가 없었다.

그의 망치가 데이비드의 머리통을 후려 갈겼다.

물론 데이비드는 그것을 막고 반격을 했다. 기사인 데이비드가 전투력 면에서 우위인 것은 당연했지만 이미 마을사람들의 죽음으로 화가 나나 솔라스 역시 막강했다.

하지만 결국 데이비드의 승리.

솔라스는 겨우 급소가 베이는 것을 면한 채 뒷걸음질 쳤다.

"자네도 꽤 하는군."

"……"

"이제 죽게."

그리 말하며 데이비드가 검을 들어 올렸을 때, 그의 심장으로 창 하나가 날아들었다.

콰악!

"……!"

데이비드는 동작을 멈춘 후 옆을 바라봤다.

그곳엔 마을청년 하나가 믿을 수 없다는 표정으로 이를 악물고 있었다.

"이게 무슨 일입니까!"

"아아, 루오슨이군. 제른과 함께 오른팔과 왼팔처럼 나를 따랐건만 이게 무슨 짓이지?"

하지만 데이비드의 말은 완전히 이어지지 못했다. 솔라스의 망치가 데이비드의 머리를 함몰시킨 것이다.

콰앙—!

데이비드는 머리가 함몰된 채 절명했다. 하지만 그의 몸은 계속 움직였다. 데이비드의 손에 쥐어진 검이 솔라스의 복부로 밀려 들어왔다.

푸욱!

"끄으윽!"

데이비드의 몸은 그 후 그대로 뒤로 나가떨어졌다.

솔라스는 이를 악물며 자신의 배를 보았다. 배에는 검이 깊숙하게 박혀 있었다. 솔라스는 그 검을 양손에 쥐고 뽑았다.

"크헉!"

피가 튀겼지만, 내장을 빗겨 갔는지 죽겠다는 생각은 안 들었다.

"괜찮으십니까!"

루오슨이 솔라스에게로 달려 왔다.

"이게 도대체 무슨 일입니까!"

"……나도 지금 막 와서 본 광경일세. 모두 이 검 때문……."

그러면서 솔라스는 검을 보았다. 놀랐다. 당연한 말이지만, 검은 자신이 쥐고 있었다.

뽑기 위해 쥔 검이지만, 놓을 수가 없었다. 무언가가 그의 머리로 밀려 들어와 노래를 불렀다.

귀신이나 낼 법한 그런 날카롭고 으스스한 소리가 그의 머릿속으로 파고들고 있었다.

"그만해. 그만. 그마아안!"

"예? 무슨 일이십니까!"

"크으윽!"

"다치셨습니다. 우선 누우십시오. 곧 동료들이 올 겁니다."

"……온다고?"

"예. 사람들이 내려오지 않아 와 보니 이런 미친…… 어떻게 이런 일이…….."

"그 사람들 전부…….."

오지 말라고 해.

그것까지 말했어야 했는데, 들고 있던 검이 한 수 더 빨랐다.

푸학!

루오슨의 목이 둥실 떠올랐다.

땅을 구르는 루오슨의 표정은 불신으로 가득 차 있었다.

그리고 때마침 10명 정도의 마을 청년들이 산을 고 올라오다가 그 광경을 보았다.

"……."

그들의 눈에 들어온 것은 정말 참혹한 광경이었다.

마을 사람들이 시체가 되어 나뒹굴고 있고, 데이비드 역시 머리가 함몰된 채 쓰러졌다. 게다가 루오슨의 머리가 지금 막 몸에서 분리되어 바닥에 나뒹굴고 있다.

서 있는 것은 솔라스 뿐.

"당신이 어떻게!"

제른이 눈을 부릅뜨며 솔라스에게로 달려들었다. 다른 청년들 역시 마찬가지였다.

"……."

솔라스는 우는 듯 웃었다.

검이 여지없이 휘둘러졌다.

Chapter 7
마검 Ⅰ

"다섯 명쯤 죽였을 때 겨우 정신을 차렸네. 도망가라고 외쳤지. 살아남은 이들은 도망쳤네. 그 후로 난 시체들을 치우고, 몸을 회복했지."

후우.

한숨을 끝으로 솔라스는 입을 다물었다.

긴 정적이 흘렀다.

"나를 믿어 주는 건 아무도 없었네. 그저 이 꼬마 아이 뿐이었지."

솔라스가 그리 말하며 카나의 머리를 쓰다듬었다. 카나는 그 투박한 손길이 좋다는 듯 빙긋 웃고 있었다.

괜히 마음이 무거워진 경식은 머리를 긁적이며 말을 이어 갔다.

"그냥 그 검이 있다는 사실을 말해 주면 되잖아요?"

"그나마 제어할 수 있는 내가 숨기고 사는 게 낫네."

"흐음."

"나는 내 모든 염원과 혼을 담아서 검집을 하나 만들고 있네. 이 검의 마성을 잠재울 수 있는 그런 검집을 말일세. 그게 실현될지 아닐지는 모르겠지만⋯⋯."

따앙—!

땅—!

"만들 걸세. 그래야만 해."

"그렇군요."

"그러니 내 앞에서 검을 만들어달라든가 하는 말은 하지 말게나. 못 만들어 주네. 이 검집을 하루라도 빨리 완성해야 하니 말일세. 얼마 안 남았어."

따앙—!

청명한 소리가 주변으로 떨어 울린다.

경식은 그런 솔라스의 뒷모습을 보며 안쓰러운 미소를 지었다.

"얼마 안 남으셨다고 하셨죠? 그 후에 만들어 주세요. 그 때까지 기다리죠."

"······그렇다면 말리지 않겠네. 최고의 검을 만들어 주지."

경식은 씩 웃으며 고개를 끄덕였다. 뒤돌아 선 솔라스 역시 입가에 미소를 담고 있었다.

[아아, 뭔가 훈훈하다. 이런 거 좋아. 뭔가 가슴이 따듯해져.]

물론 비극적인 일이었고, 솔라스 역시 검의 노예가 되어 마을 사람들을 베어 버렸지만, 그렇다고 솔라스를 질책하고 싶지는 않다.

그도 어쩔 수 없었으니 말이다.

"그럼 가 볼게요."

"나는 조금 더 있을래!"

카나가 모루에서 눈을 떼지 않으며 그리 말했다. 그 말에 솔라스가 따스한 미소를 지으며 카나의 머리를 쓰다듬었다.

"언제나 고맙구나."

"헤헷."

훈훈했다. 그런데 그 훈훈한 현장에 문을 벌컥 열고 불청객이 찾아왔다.

"너 이곳에서 무엇을 하고 있는 것이냐!"

카나가 깜짝 놀라서 뒤를 돌아보곤, 더욱 눈을 크게 치떴다.

소녀의 아버지인 제른이었다.

"아, 아버지. 그게 아니고…… 아앗!"

제른이 카나의 팔뚝을 거칠게 잡아챘다.

솔라스는 그것을 보고도 제지를 할 수 없어, 어깨를 축 늘어뜨렸다.

그에겐 그런 행동을 말릴 자격이 없는 것이다.

"다행히 죽이지 않았군. 아이도, 여자도, 서슴없이 죽이던 새끼가."

"……자네는 알고 있지 않은가. 검 때문인 것을."

솔라스가 검에 잠식당해 있을 때, 청년들과 함께 솔라스를 상대했던 제른이었다.

솔라스의 무력은 청년들을 아득하게 뛰어넘어 있었고, 전투가 아닌 도살현장에 가축으로 있던 느낌이 들었다.

다섯 명 째 죽었을 때, 정신을 차린 솔라스가 뒤로 물러나며 도망치라고 하지 않았더라면, 제른과 남은 청년들은 결코 살아 돌아가지 못했을 것이다.

그래서 알고 있었다. 제른이 그 요상한 검에 잠식되어 있었다는 것을.

"아무리 그래도, 마을 사람들을 죽이고 친구인 데이비드 님을 죽인 것은 용서 못할 죄요."

"그것은 데이비드가……."

"헛소리! 데이비드님이 그랬을 리 없어! 다 네가 그런 거란 말이다아아아!"

거대한 고함 소리가 메아리 되어 주변에 울렸다. 솔라스는 무슨 말을 하려다가 입을 다물고 어깨를 축 늘어뜨렸다.

"카나. 다시 한 번 이곳에 왔다간 가만두지 않을 것이다."

"아, 아빠……."

"알았느냐!"

"……."

카나는 억지로 고개를 끄덕였다. 그 이후 제른의 시선은 경식을 향해 있었다.

"이곳에 대장장이는 없다고 말했을 텐데?"

제른의 말에, 경식이 한숨을 푹 쉬었다.

"잠시 휴업이라는군."

"휴업이 아니다. 곧, 죽을 거니까."

그리 말하며 솔라스를 찢어 죽일 듯 노려보는 제른.

솔라스는 한숨을 내쉬며 고개를 휘휘 저었다.

"그러지 말게."

"그렇다면 이 자리에서 자살하라."

"……나는 죽기 싫네."

"그 많은 사람을 다 죽여 놓고, 주둥이에서 뻔뻔한 말이 잘도 나오는군."

"……이제 다 끝났네. 다 완성되면…… 이 마을을 떠

날······."

"우리가 그렇게 놔둘 것 같은가!"

"······."

"네놈은. 죽을 것이다. 나의. 아니, 우리의 손에 의해!"

거기까지 말한 제른이 카나의 손을 억지로 잡고 산을 내려가기 시작했다.

"그럼 가보겠소."

"······."

경식은 제른의 뒤를 바짝 쫓아 걸었다. 한동안 아무도 말을 하지 않고 산을 내려갔다.

"당신도 솔라스가······."

"그 이름을 말하지 마시오. 살심이 끓어서 말이야."

"······."

"당신네들이 우리 일에 관여할 자격은 없소. 더 이상 그것과 관련해서 이야기하거나 행동한다면, 우린 죽음을 불사하고 당신네들을 공격할 것이오. 죽일 것이오. 알겠소?"

"흐음."

경식은 아무 말도 할 수 없었다.

솔라스도 이해가 되지만, 제른 역시 이해가 되었기 때문이다.

"갈림길이군. 숙소로 돌아가시오."

그리 말하며 제른이 자신의 집으로 걸어갔다. 그 뒤를 바라보며, 경식은 어깨를 으쓱일 뿐이었다.

"으음. 뭔가 석연치 않은데."

[그러게 말이야. 어느 누구도 탓할 수 없는…… 그런 상황이야.]

"굳이 누가 벌을 받아야 하냐 묻는다면…… 아무래도 솔라스 쪽이려나?"

경식은 한숨을 내쉬며 나머지 일행이 있는 곳으로 걸어갔다.

경식이 사라지는 모습을 끝까지 지켜보던 제른은 이를 악물며 씹어뱉듯 말했다.

"아무래도 앞당길 필요가 있겠어."

*   *   *

초소로 돌아온 경식이 솔라스에게 들은 말을 일행들에게 설명해 주었다.

그것을 들은 제이크가 이를 씩 드러냈다.

"어떤 검인지 궁금하군요."

"아아…… 그러지 마세요. 제발요."

"그냥 해본 소리입니다. 저에겐 이 녀석과의 으리가 있으니까, 다른 검은 그저 절단의 대상일 뿐입니다."

그리 말하며 제이크는 소울이터의 두꺼운 검 면을 쓰다듬었다.

슈아는 한숨을 푹 내쉬며 그녀답지 않은 쓸쓸한 표정을 지었다.

"너무 비극이야."

"아무래도 그렇지?"

"도대체 누구의 잘못일까?"

"그 검의 잘못이겠지."

"……그래도 우리가 할 수 있는 건 없어. 그렇게 생각하지 않아?"

그 말에 경식은 고개를 저었다.

"아니지. 솔라스는 그것을 잠재울 검집을 만든다고 했어. 그때까지 마을 사람들을 막고, 검집이 다 만들어져서 검의 마성을 잠재울 수 있을 때 솔라스는 떠나고, 마을 사람들도 안식을 되찾게 하면 되지."

가만히 듣고 있던 왕년 노인이 끼어들었다.

─자네. 그게 과연 옳은 일이라고 보는가?

"솔라스가 죽는 것보다는 낫잖아요?"

─그렇게 되면 마을 사람들의 증오는 어떻게 할 것인가?

"솔라스를 죽인다고 해서 죽은 사람들이 살아 돌아오는

것은 아니잖아요? 그리고 복수는 복수를 낳을 뿐입니다."

그 말에 왕년 노인이 재미있다는 듯 빙글빙글 웃었다.

—자네. 원한을 가져본 적이나 있는가?

"……?"

—살인을 생각할 만큼 큰 원한. 그런 원한을 가져봤냐고 말하는 것일세.

경식은 거기에 대답할 수 없었다. 경식은 누구에게 원한을 산 적도, 원한을 품은 적도 없었기 때문이다.

—그래, 복수는 복수를 낳지.

"그, 그렇다니까요?"

—하지만 복수를 하지 않으면 아무것도 남지 않는다네. 복수도 하지 못한 채, 자신의 원한에 사무쳐서 말일세. 결국 무엇을 시작하지도, 끝내지도 못하고서 시름시름 앓다가 죽는다네.

"……"

—그래, 자네는 어떻게 할 텐가? 자네 성격에 못 본 척 그냥 지나간다는 건 있을 수 없는 일이겠지. 그렇다면 솔라스를 도울 텐가? 아니면, 마을 사람들을 도와서 솔라스를 죽일 텐가?

"……"

경식은 아무 말도 할 수 없었다.

옆에서 보고 있던 구미호가 왕년 노인의 뒤통수를 꼬리로 겁나 세게 후려갈겼다.

쫙!

—어휏! 이게 무슨 짓인가?

[이 노인네가 노망이 났나? 아주 죽을 때가 다 됐어, 그냥! 왜 이상한 말로 우리 경식이 힘들게 하는데? 죽고 싶어?]

—이, 이미 죽었네만?

[괜히 어울리지 않게 똥 폼 잡지 마!]

—흐음.

노인은 구미호의 등살에 못 이기는 척하며 곁눈질로 경식을 보았다.

"……."

경식은 생각에 잠긴 채 창문 너머 하늘에 떠 있는 초승달만을 바라보고 있을 뿐이었다.

*   *   *

경식이 잠을 청하고 있는 그때, 누군가가 자신의 몸을 건들고 있는 것이 느껴졌다.

아주 차가운 손길이다.

구미호라면 따스한 느낌이었을 텐데, 이렇게 차가운 손길이라니 도대체 누구일까?

인간도 아니다.

인간은 뼛속까지 시릴 정도의 한기를 내뿜진 않는다.

도대체 누구란 말인가.

경식이 눈을 뜬 순간, 주변에는 심각하게 자신을 쳐다보는 구미호가 있었다.

[깨우기 전에 깨어났네.]

"음. 그렇지?"

[느껴져?]

"뭐가?"

[지금 널 만지는 손길.]

"……?"

경식은 자신의 눈앞을 바라보았다.

그곳엔 아지랑이가 모여 인간의 형상을 만들고 있는 것이 보였다.

분명히 영혼이다.

[집중을 해 봐. 똑바로 보일 거야.]

경식은 눈살을 찌푸리며 육감에 집중했다. 그러자 눈앞의 아지랑이 형상이 제대로 된 인간의 형상으로 변하였다.

"으아악!"

경식이 깜짝 놀라서 눈앞의 영혼을 바라봤다.

"뭐, 뭐야. 네가 왜 여기에…… 아니. 네가 왜?"

[오빠…….]

눈앞의 영혼은 다름 아닌 카나였다.

어제까지만 해도 살아 있던 카나가 죽어서 경식을 바라보고 있는 것이다.

"너, 너 왜 죽었어?"

[……그렇게 됐어요.]

"아니 왜! 도대체…… 아니……."

눈앞에서 사람이 죽었다.

사실 이 세상에 와서는 그리 큰일도 아니었다. 이 세상은 무슨 사람 죽는 것이 옆집 동네 개 죽는 것만큼이나 쉽게 일어나고 그렇게 생각해 오니까 말이다.

하지만. 아무리 그래도 정도라는 게 있다. 바로 어제 하하 호호 웃고 떠들던 녀석이 죽어서 영혼으로 나타나다니 이게 무슨 일이란 말인가?

"무슨 일…… 흐음!"

제이크가 일어나 눈앞의 광경을 바라보곤 눈을 부릅떴다. 그 큰 목소리에 슈아 역시 눈을 떴다.

모두가 카나를 바라보는 상황에, 카나가 오히려 더 쑥스러워 했다.

[주, 주목받고 있어어.]

"죽어서 주목 받으니까 좋냐!"

뭔가 분위기에 어울리지 않는 말과 행동, 상황이었지만, 이렇게라도 하지 않으면 견딜 수 없을 것만 같았다.

[아무튼, 빨리 가야 해요!]

"아니 그러니까 왜 네가……."

[제가 죽었냐고요? 저는…….]

카나가 씁쓸하게 웃으며 말을 이어 갔다.

[검에게, 살해당했어요.]

"……."

경식의 얼굴이 딱딱하게 굳었다.

[도와주세요.]

*   *   *

제이크는 로얄티를 소환해 주었고, 경식과 슈아는 로얄티를 타고 산을 평지처럼 빠르게 이동할 수 있었다.

일련의 대화라도 나눠야지 싶겠지만, 대화를 할 것조차 없다. 카나를 포함한 영혼은 쫓아오기 바빴고, 제이크와 슈아는 둘째 치고 경식은 충격에 휩싸여 아무런 말도 할 수 없었기 때문이다.

'하아. 설마, 내가 생각하는 그런 건 아니겠지. 설마 최악

은…… 아니겠지.'

하지만 왜 슬픈 예감은 틀린 적이 없는 것일까.

경식은 지금 눈앞에 펼쳐지고 있는 풍경을 바라보며, 오히려 아무런 감흥도 없었다.

실감이 나지 않기 때문이었다.

촤아아악!

검이 움직임에 따라 팔 한 짝과 목 하나가 허공에 둥실 떠올랐다. 사람의 목과 팔이 단칼에 떠오르는 광경은 처음 보는 종류의 것이었다.

"……."

추욱 늘어졌던 경식의 손이 파르르 떨렸다. 핏대가 섰다. 주먹이 꽉 쥐어졌다. 손톱이 손바닥을 찔러 피가 뚝뚝 흘러나올 때까지 꽉 쥐었다.

경식은 검을 들고 홀로 서 있는 자를 노려보았다.

검을 들어 올리는 솔라스.

그리고 소리를 지르는 경식.

"이게 도대체 뭐하는 짓입니까!"

사실 상황에 맞는다면 맞는 말이었고, 참 어리석다면 어리석은 질문이었다.

뭘 하고 있냐니.

검에 사람이 베여 모두가 죽어 가고 있는 상황에서 말이다.

그 목소리에 반응한 솔라스가 천천히 고개를 돌렸다. 그의 눈가엔 피가 석인 눈물이 줄줄 흘러내리고 있었다.

"아아…… 나를…… 난…… 살고 싶었다. 모두를 제압할 자신이 없어서…… 검을…… 들 수밖에 없었어. 으어…… 으허어어엉!"

솔라스는 갓난아이가 된 것처럼 서럽게 울었다. 그것을 보는 누구도 아무런 말도 할 수 없었다.

분명 촌장인 제른이 마을의 청년들 전부를 데려와 솔라스를 죽이려고 린치를 가했을 것이 분명했다. 그리고 제른은 견디다 못해 죽게 생기자 검을 뽑아 들 수밖에 없었고, 그 끝은 이 꼴이 되었다.

"아무리 그래도, 카나는 왜 죽였죠?"

"나는…… 나는……!"

다행히 카나의 시체는 어디에도 없었다. 아니, 없다기보다는 찾으면 찾겠지만, 굳이 찾고 싶지 않다. 이 널브러진 시체 더미 속에서 소녀의 식은 시체를 찾아서 도대체 무엇을 할까.

[아저씨는 잘못 없어요…… 저 검이…… 모두를…….]

"나, 나는 한동안 정신이 날아간 상태였다. 나는…… 검을 쥐고 정신을 차려보니…… 끄윽!"

그는 이 모든 괴로움을 전부 담으려는 듯 표정을 일그러뜨렸다. 그 기괴한 표정은 보는 이의 가슴이 저며지게 만드는 무언가가 있었다.

"나는…… 나는…… 이제…… 이제……."

솔라스가 자책을 하고 있을 때, 그를 바라보고 있던 경식의 눈동자가 크게 부릅떠졌다.

솔라스 너머에서 움직이는 무언가를 본 것이다.

푸우욱!

솔라스의 눈이 부릅떠졌다.

그의 눈이 자신의 가슴을 보았다. 그곳엔 창 한 자루가 꽃처럼 피어나와 새빨간 죗값을 솔라스의 몸에서 뽑아내고 있었다.

제른의 눈가가 환희로 물들었다.

"이제 곧 죽……."

콰아악!

솔라스가 뒤도 돌아보지 않고 검을 찔러넣어 제른의 오른쪽 겨드랑이로 검을 찔러 넣었다.

그것은 솔라스가 아닌 솔라스의 오른손. 정확히는 검이 독자적으로 판단한 듯한 비정상적인 움직임이었다.

검 끝은 목젖으로 삐져나왔다.

말을 할 수 없게 된 제른이 입을 몇 번 벙긋거리다가 털석 무릎을 꿇었다.

보고 있던 카나가 울 것처럼 소리쳤다.

[아빠아아아아아!]

촤악!

검이 제른의 몸에서 뽑혀져 나왔다.

솔라스는 자신의 뚫린 가슴을 바라보며 허탈하게 웃었다.

"이 정도 상처는 아물지 못하게 하겠지? 아무리 이 녀석이라도 말이야."

그것은 다가올 죽음에 대한 두려움. 아니, 그 두려움을 넘어선 후 미련을 버리고 나서야 얻을 수 있는 환희에 찬 얼굴이었다.

"이제 죽는 게…… 두렵지 않아. 이럴 줄 알았으면…… 순순히 죽어주는 건데, 그러질 못……했어."

"……."

모두를 죽인 솔라스의 표정은, 오히려 그 어느 때보다 편안해 보였다.

"자네. 이름이 무엇이었나?"

경식은 그 담대한 말투에 적잖이 놀라며 입을 열었다.

"쿠드입니다."

"쿠드…… 흐. 검을 만들어 주지 못해 미안하네. 난…… 이미 글렀나 봐. 오히려 잘 된 일이지."

솔라스는 그런 말을 하면서도 천천히 경식에게로 걸어가고 있었다.

"아아…… 이 녀석이 아직도 피 맛을 덜 본 모양이야. 자네…… 죽을 수도 있네. 제발 도망가 주면 안 되겠나?"

"이 광경들을 보고도요?"

"나라면 도망가지 않겠지. 하지만 죽을 걸세."

"흠……."

경식은 아무 말도 하지 않았다. 그 결연한 표정을 확인한 솔라스가, 빙긋 웃었다.

"죽음이 두렵긴 하지만…… 난 죽어 마땅한 놈일세."

"너무 두려워 마십시오. 죽는 건 끝이 아니라 시작이니까요."

갑자기 무슨 뜬금없는 소린가 싶어 반문하고 싶었지만, 솔라스는 이미 그럴 여력조차 없었다.

그의 눈이 점점 감기는 가운데, 귓가에 경식의 목소리가 들려 왔다.

"지금 보고 싶은 사람 있지요?"

있다.

카나였다.

카나와, 모두에게 사죄하고 싶었다.

"곧 만나게 될 겁니다."

이건 또 무슨 소리지.

반문하고 싶은 생각이 든 순간, 그의 의식은 육체에서부터 빠져나와 홀연히 사라졌다.

*   *   *

"크으으으으으."

남은 건 피 묻은 솔라스의 육체 뿐. 하지만 그 육체는 씨익 웃으며 경식에게로 다가오고 있었다.

혀는 목 졸려 죽은 사람처럼 길게 빠져나와 있었고, 눈은 까뒤집혀 붉게 충혈 된 흰자밖에 보이지 않았지만, 철저하게 이곳으로 다가오고 있었다.

"이건 뭐…… 좀비도 아니고 말이지……."

경식은 깊게 심호흡을 했다.

심호흡을 하는 내내 숨결에서 보라색 아지랑이가 피어나오고 있었다. 그것을 본 제이크가 눈을 부릅떴다. 경식의 소울 에너지가 숨결에 베어 올라올 만큼 충만해진 적이 단 한 번도 없었기 때문이다.

아니, 아니다. 물론 그런 적이 있기는 했다.

싸움 도중에, 혹은 한참 후반부에, 영혼들의 진명을 말하기 일보직전에 이런 상태가 되곤 했다.

그런데 처음부터 이런 식으로 소울 에너지가 끓어오른 적

은 결단코 없었다. 경식이 유래 없이 화가 나 있는 상태인 것
이다.

바로 눈앞의 대상.

시체마저 편안하게 쉬게 하지 않는 빌어먹을 칼자루 때문
이었다.

"이 미친 검 한 자루 빌어먹을 새끼가……."

츠ㅇㅇㅇㅇ웃.

불현듯 경식의 등 뒤에서 무언가가 뿜어져 나왔다.

바로 트롤의 상반신.

붉은 어금니. 태론이었다.

[벌.써부터 진명을 부.를 수 있.을 줄이야. 톨톨톨.]

붉은 어금니 역시 경식의 몸속에서 모두 듣고 느꼈던 터라
이 상황을 대번에 이해했다.

그리고 경식과 마찬가지로 깊게 분노하고 있었다.

[동.족 상잔의 비.극은 언제 보아도 불.편한 법. 나와 나의
동.반자가 함께 네.놈을 없애 버리겠다.]

스웃.

경식과 붉은 어금니의 몸이 촛불 꺼지듯 사라졌다.

"크윽?"

좀비처럼 변한 솔라스의 몸체. 아니, 검이 조종하는 솔라
스의 고개가 갸웃거렸다.

그리고.

촤하아아아아악!

솔라스의 시체가 피를 토해 내며 수십 조각으로 토막 나 쓰러졌다.

후드드드득.

잔인한 장면임에 분명하지만, 주변에 널브러진 시체들에 섞여서 솔라스의 시체는 흔적 없이 사라진 것처럼 보였다.

몸체를 잃은 검은 허공을 빙글 돌다가 누군가의 것인지도 모를 시체를 뚫고 땅에 박혔다.

"……의외로 빨리 끝났네."

[언제든. 불.러라. 동반.자여.]

그 말을 끝으로 진명을 개화했던 붉은 어금니가 경식의 등 속으로 빨려 들듯 사라졌다.

경식은 진명을 부름으로서 소모된 막대한 소울 에너지 손실을 느끼며, 검이 꽂힌 곳으로 걸어갔다.

"이 검은 도대체 무엇이었을까요."

그 말에, 옆에서 가만히 지켜보고 있던 제이크가 한숨을 푹 내쉬며 말했다.

"본 적이 없는 검이지만, 훌륭한 검임에는 틀림이 없습니다."

"그렇겠지요. 그러니까 이런 참극이 벌어졌겠죠."

경식이 검의 손잡이로 손을 가져갔다. 하지만, 그러다가 문득 깨달은 바가 있어 뒤로 물러섰다.

"지금 내가 저거 쥐려고 했죠? 무서운 놈이네."

생각도 않고 있었는데, 우선 반사적으로 쥐려고 했었다.

그리고 지금도 저 투박한 검 한 자루에서 눈을 떼지 못하고 있었다.

'일견 보기엔 날카로워 보이지 않는데, 닿는 것마다 잘라 버리네. 자세히 보면 날이 날카로우려나?'

투박한 색인데, 왠지 깔끔한 것이 예뻐 보이기도 하고…… 조금 더 자세히 들여다볼까? 뭐라고 쓰여 있는 것 같기도 한데?

"어휴."

신기하게도 머릿속에 맴도는 생각이 이런 생각들뿐이었다.

"그래도 잘 참으셨습니다."

"휴우…… 그럼 이걸 어떻게 하지요?"

"우선 제가…… 보관을 할 수 있다면 좋겠지만, 저에겐 이미 으리로 맺어진 녀석이 있습니다."

그리 말하며 자신의 소울이터를 쓰다듬는 제이크였다. 그리고 그 소울이터를 양손으로 번쩍 들어 올렸다.

"어쩔 수 없이 절단하는 방법밖에 없군요!"

지금도 아깝다는 생각이 들지만, 어쩔 수 없었다.

경식은 순순히 뒤로 물러났고, 제이크가 그 검을 내리쳐 부러뜨리려 하였다.

그때. 왕년 노인이 피식 웃었다.

─헐헐. 저 검은 그리 녹록하지 않을 걸세. 왕년의 경험에 빗대어 보아, 결코 쉽지 않을 게야.

그리고 그 말을 기다렸다는 듯, 검을 쥐고 있던 솔라스의 토막 난 오른팔이 공중에 둥실 떠오르더니, 검을 휘둘렀다.

의외의 상황에 제이크는 당황했지만, 당황하지 않고 소울이터를 휘둘렀다.

까강!

"흐음!"

소울이터를 전력으로 휘둘렀음에도 불구하고 마검은 옆으로 튕겨 나갔을 뿐, 아무런 흠집도 나지 않았다. 오히려 날아가는 기세를 빌려 경식에게 다가가, 일도양단을 할 기세로 휘둘렀다.

푸우욱!

"무, 뭐야?"

"주인니임!"

제이크가 놀라서 소리쳤지만, 사실 그리 소리칠 일은 아니었다. 배가 갈라져서 엄청나게 아프지만, 반사적으로 그의 검은 눈이 노랗게 물들었다. 이 치명상은 가벼운 경상으로 금방 아물 것이다.

츠으으읏.

배의 상처가 아무는 불쾌한 경험을 하며, 경식이 뒤로한 발자국 물러섰다.

"뭐야. 아직 끝이 아니었어?"

촤촤촹!

경식의 몸에 노란색 소울 아머가 맺히며, 주먹 부분에선 날카로운 발톱 모양의 소울웨폰이 뽑아져 나왔다.

왠지 모르겠지만, 이제부터가 시작인 것 같았다.

Chapter 8
마검 II

　마검을 쥐고 있는 솔라스의 팔. 그것은 마치 유령처럼 허공을 날아서 마검의 움직임을 자유롭게 했다.

　자유로운 마검은, 당연하지만 경식의 몸을 난도질 할 듯이 다가왔다.

　"큭!"

　경식의 주먹 주변에서 긴 손톱 모양의 소울웨폰이 뿜어져 나왔다. 그리고 그것이 검의 날과 맞섰다.

　까강!

　쇠와 쇠가 부딪치는 소리가 나며 스파크가 튀겼다. 놀라운 것은, 강철처럼 단단한 경식의 소울웨폰이 그 한 번의 움직임으로 금이 갔다는 것이다.

트롤의 힘을 빌린 소울웨폰. 그것이 단 한 자루의 검과 부딪쳐 금이 간 것이다.

게다가 마검은 빨랐다.

경식의 눈이 겨우 따라갈 정도고, 눈은 따라가지만 몸은 따라가지 못할 정도의 검이었다.

경식의 허점을 검이 파고들었다.

순간 경식의 눈이 노란색에서 회색으로 빛났다.

소울웨폰이 쑥 들어가며, 그의 몸을 감싸던 소울웨폰의 색깔이 회색으로 일변했다.

까강!

마검이 경식의 소울아머를 베지 못하고 빗겨 날아갔다. 소울웨폰은 자를 수 있었지만, 소울아머는 아닌 모양이다. 더군다나 회색 바람의 소울아머는 한없이 방어에 치중된 형태이기 때문에 더욱 그러했다.

갑자기 자신의 힘을 양도해 준 것이 분한지, 힘을 내주면서도 투덜거렸다.

[취익! 네가 부른 것은 트롤의 진명! 나는 그놈 대신 불리고 싶던 단 한 명! 취이이익!]

'에이, 아무래도 잘라 버리는 게 나을 것 같아서 그랬지, 제압하려 했었다면 너를 불렀을 거야.'

[흥! 취익!]

'정말이라고. 진정해. 이렇게 필요할 땐 너를 불렀잖아?'

그리 말하며 손을 뻗었다. 검 날을 잡아서 부러뜨리려는 생각에서였다. 검날을 쥘 수 있을까 하는 생각 대신, 우선 손부터 뻗었다. 회색 바람과 빙의한 이상, 그의 손은 강철보다 단단했다.

까가각!

쇠와 쇠가 비벼지는 소리가 나며, 경식의 손아귀에 마검이 잡혔다.

마검은 어떻게든 벗어나려 했지만, 경식은 양손으로 마검을 꽉 쥐었다.

"끄으으. 잘못하면 베이겠…… 베였네!"

경식의 손에서 피가 뚝뚝 묻어났다. 소울웨폰이 단단해서 망정이지, 맨손으로 쥐었다면 벌써 손가락과 손바닥이 분리되었을 것이다.

가각. 가가가각!

"이놈아, 가만히 있어!"

검이 날뜀에 따라 살갗에 점점 검 날이 살갗을 파고들고 있었다. 경식은 안간힘을 쓰며 검을 부러뜨리려 하지만, 어떤 소재로 만들어진 건지, 이만큼 세게 구부렸으면 부러지진 않아도 구부러지긴 해야 하는데, 그런 기미도 보이지 않았다.

엄청나게 단단했다.

"아오, 이게…… 가만히 안 있냐! 그냥 확 찢어발길 수도 없고! 지랄 맞은 씹어버릴 작대기 따위가……!"

경식은 자신이 말을 하면서도 놀랐다. 평소에는 쓰지도 않던 욕을 남발하며, 과하게 흥분하고 있는 자신은 분명히 이상했다.

그리고 머릿속에서 이상한 소리가 들려 왔다. 아니, 소리라기보다는 관념. 생각이 바로 경식의 대뇌 전두엽을 건드는 느낌이다.

그리고 그 메시지는 어눌한 사념으로 이렇게 말하고 있었다.

죽이자. 주변 모두를 죽이자고 말이다.

"……이런 미치이인!"

경식은 화들짝 놀라 손을 놓고 말았다. 그리고 손이 놓아지자 마검이 경식의 목을 베어왔다.

놀란 경식은 반응하지 못했고,

제이크가 나섰다.

쩌엉!

"괜찮으십니까!"

"아…… 에. 고마워요. 죽을 뻔한 거죠, 지금?"

경식은 정신이 하나도 없었다. 검을 쥐자마자 끓어오르는 살심과 속삭임이 말 그대로 혼을 쏙 빼놓았기 때문이다.

마검은 제이크가 상대함에도 불구하고 제이크를 등한시하며 경식에게 달려들었다. 경식은 그것을 쥐거나 만지기 싫어서 뒤로 물러나거나 피하기를 반복했다.

써걱! 가각!

그러는 중 바위를 만나면 바위를 베어 버리고, 널브러져 있는 창을 들어 맞서면 마검은 창머리부터 반으로 쪼개버렸다.

바위를 자르고 철을 갈랐다는 뜻이다.

"뭐 이리 날카롭고 단단하지!?"

그런 말을 했다고 해서 마검이 대답할 리 없다. 대답 대신 자신의 몸을 휘둘러 온다.

후악!

경식이 첫 번째 공격을 피했다. 그런데 피한 장소가 공교롭게도 구미호가 서 있던 장소였다.

마검의 2번째 공격이 경식에게로 쇄도했고, 경식이 다시 피하자 그 자리에 있던 구미호가 그 공격을 받게 되었다.

물론 구미호는 피할 필요가 없다. 영혼이니까. 그리고 그것은 구미호 자신이 가장 잘 알고 있었다.

하지만 기분이 묘했다.

뭔가 엄청난 위화감이 들었다.

그래서 피했는데, 조금 늦었는지 꼬리 끝이 베이는 형국이 되었다.

스각!

[아얏!]

그리고 진짜 베였다. 다행히 털 끝(?)이 조금 상한 정도였지만, 분명히 검에 구미호의 몸이 베인 것이다!

[뭐야! 저 검이 어떻게 날 베지?]

―헐헐! 이상한 검이로구먼! 내가 왕년에도 저런 검이 있긴했는데, 그 검의 이름이 생각이 나질 않는구려!

[그게 말이야, 방구야! 걱정부터 해야 될 거 아니야!]

물론 경식을 쫓던 검이라 구미호를 재차 습격하진 않았지만, 피하지 않았다면, 간담이 서늘했을 공격이었다.

어쩌면 자동 성불했을지도 모르겠다.

거기까지 생각이 미치자 구미호는 기분이 확 나빠졌다.

[야 이 미친 작대기 새끼야! 죽고 싶어!? 앙!? 아주 그냥 숨통을 끊어 줄까아아!?]

여우 불이 경식을 공격하고 있는 마검에게로 날아갔다.

영혼이 아닌, 형체가 있는 것이라면 타격을 주지 못할 수준의 공격. 하지만 그것이 다가오자 마검이 움찔 몸을 떨더니 여우 불을 베어 버렸다.

쓰악!

여우 불이 산산이 흩어졌다. 마검 역시 구미호의 공격을 경계하고 있는 것이었다.

"에잇 젠장!"

경식이 피하다가 지쳐 우뚝 멈춰 섰다.

그것은 일견 보기에 자포자기한 듯 했지만, 마검이 날아와 그의 검을 난도질하려 할 때 그를 덮고 있던 소울아머가 변하였다.

회색에서 회황색으로 말이다.

쩡—!

마검에 베인 회황색 소울아머엔 여전히 금이 갔는데, 그 금이 간 소울아머가 살아 있는 생물처럼 회복되어 원래 상태로 되돌아왔다.

회색바람과 붉은 어금니의 힘을 한꺼번에 빌려 얻어 낸 결과였다.

일전에는 경식이 의식을 잃은 상태에서 회색 바람과 붉은 어금니가 경식의 몸을 대신 사용하였다면, 지금은 경식이 직접 두 영혼의 힘을 주도하고 있었다.

그때였다면 이렇게 출력과 효율이 좋게 소울아머를 배합하여 사용하지 못했겠지만, 지금은 단단함과 미칠 듯한 회복을 자랑하며 소울아머가 부서지고 재생하길 반복하고 있었다.

경식은 그저 가만히 있어도 되었다. 그리고 마검은 그런 경식의 몸을 베고 또 벨 뿐이다.

"이거 참…… 어떻게 하지?"

검은 이제 더 이상 경식을 해할 수 없다. 하지만 그렇다고 해서 경식이 검을 부러뜨릴 수 있는 것도 아니었다. 이건 뭐 창과 방패의 대결도 아니고 웃긴 상황이 되었다.

"게다가 이거 의외로 심력소모가 크네."

아무리 경식의 주도 하가 되어 효율이 좋아졌다지만, 두 영혼의 힘을 섞어서 사용하는 것은 한 영혼의 힘을 사용하는 것보다 당연히 심력 소모가 크다.

그리고 심력 소모는 바로 소울 에너지의 소모를 뜻하니, 경식에게 있어서 심력 소모란 그저 피곤한 것을 넘어 전투력과도 관련이 있는 것이다.

마검은 지칠 일이 없을 테니 경식이 먼저 지칠 터. 결국 이대로 있다간 경식이 질 것이다.

"진명을 다시 한 번 부르면……?"

회색 바람의 진명을 부르거나, 붉은 어금니의 진명을 부르거나. 아니면 둘 다 불러서 대처를 해 볼까도 생각했지만, 제이크가 전력으로 휘두른 소울이터 역시 마검에게 상처 하나 주지 못했다. 그러니 경식이 아무리 영혼의 힘을 끌어 쓴다 하여도 어찌 될지가 미지수인 것이다.

"이번엔 근성으로 부러뜨려 보겠습니다! 저에게 맡겨 주시죠!"

제이크가 소울이터를 들어 보이며 씩 웃었다. 조금 전 검을 부러뜨리지 못한 것에 꽤나 열이 받아 있는 모양이었다.

경식 역시 방법이 없기에, 그러라고 고개를 끄덕이려했다.

하지만 그때 왕년 노인이 이죽거렸다.

—흘흘흘. 저것은 누가 보아도 명검일세.

"그래도 부러뜨릴 수 있다! 나의 근성을 무시하는 것이냐!"

—그게 아닐세. 이대로 부러지긴 아깝다는 것이지.

"그렇다고 부러뜨리지 않는다면, 희생자가 늘뿐이잖아요?"

경식도 한마디 거들었다. 경식이 검을 배우고 싶다고 한 순간부터 지금까지, 왕년 노인은 상당히 삐딱하게 반응하고 있는 것이다.

삐딱하다기보다는, 마치 무언가를 시험하는 듯. 특히 경식을 툭툭 치는 듯한 말투다.

거기에 기분이 상한 경식이 이야기했다.

"제가 검을 드는 게 그렇게 아니꼽나 봐요?"

—헐헐헐헐! 그런 건 아닐세. 다만 자네가 그럴 각오가 있느냐, 이지.

"검을 쥐는 데에도 각오나 자격이 필요합니까?"

—자네가 사람을 죽이려는 검을 든다면 전혀 제약이 없지.

하지만 자네는 아니라고 하지 않았나?

"아무리 그런 식으로 약 올려도 제 대답은 똑같습니다."

─약 올리려는 것이 아닐세. 헐헐…… 나도 왕년에 자네와 비슷한 생각을 갖고 검에 임했지만, 활검을 깨닫기 전까지 참 많은 사람을 죽였었지.

"그래서 하고 싶은 말이 뭡니까?"

─그 검으로 한번 시험을 해 보게. 지금 이 순간에도 자네의 몸을 난자하고 있는 그 마검으로 말일세.

"……네?"

─그 검의 손잡이 부분을, 쥐고 버텨보라는 말일세.

"그, 그건……."

쾅! 카카캉! 가가가가가가각!

지금 이 순간에도 마검은 경식의 몸을 베고 있었다. 아마 소울아머에 온 힘을 집중하고 있지 않았다면, 이렇게 완벽한 대처는 하지 못했을 것이다.

미친 살인검이다. 그리고 쥐어봤는데, 엄청난 살심으로 인해 이성을 잃을 뻔했다.

그런데 그것을 쥐라고?

─자신이 없으면, 검을 쥐지 말게나. 자네가 검을 쥐는 순간 피바람이 불게야.

"……."

—자네는 재능도 있고, 그 재능을 꽃피워 줄 멋진 사부도 옆에 있네. 그런 상태에서 검을 들면 위험해. 예리한 칼날은 정답게 불어오는 산들바람마저 베어 버리는 법일세. 그러니, 그것을 제압하지 못한다면 자네는 검을 들지 말게.

"……."

경식은 말없이 왕년 노인을 보았다. 왕년 노인은 얼굴에 회한의 감정이 묻어나올 정도로 진지했다.

그리고 이런 소리까지 들었는데, 여기서 꼬리 말고 못하겠다고 말하는 것도 싫었다.

"알았어요. 까짓것. 하면 되죠!"

—잘 생각했네. 자네를 한 번 시험해 보게.

"그런데 이거…… 제대로 쥘 수나 있을지 모르겠네요."

확실히 빠르게 자신을 베어오는 검의 날도 아니고, 손잡이 부분을 잡으라는 건 어려운 일일 것이다.

그 말에 왕년 노인이 씩 웃으며 고개를 저었다.

—자네가 뒤로 물러서서 손을 뻗으면, 아마 자네로 갈아타려 들 걸세.

경식이 고개를 갸웃거렸다.

"……마치 뭔가를 알고 있기라도 한 듯 말씀하시는데요?"

—그, 그냥 그럴 거라는 생각이 드는군?

"모험을 하라는 말인가요?"

―모험일 것까지야 있는가. 지금의 자네라면 모험이라고 생각될 정도로 위험하지도 않을 것 같네만?

"무슨 말씀이세요? 지금 얼마나 집중하고 있는데……."

말은 이렇게 했지만, 확실히 지금 이 순간에도 난도질당하고 있는 경식이니, 손 한 번 뻗는다고 크게 모험을 하는 건 아니었다.

"끄응!"

경식이 눈을 딱 감고 손을 뻗었다.

마치 입을 쩍 벌리고 있는 사자에게 손을 내주는 느낌마저 든다.

그런데 베어지는 감촉은 없고, 검이 휘둘러지는 소리도 없어졌다.

질근 감았던 눈을 뜨자,

검을 쥐고 있던 솔라스의 팔이 자연스레 검 손잡이에서 미끄러져 떨어졌다.

툭.

"……?"

검이 둥실 떠 있다.

그리고 경식에게 직접적으로 사념을 보내고 있었다.

쥐어라. 죽이자. 나에게 피 맛을 보여라.

경식은 그 사념에 꺼림칙했지만, 왕년 노인의 얼굴을 한 번

본 후, 눈을 질끈 감고 그 검을 쥐었다.

쥐자마자 또다시 사념이 몰려들어 왔다.

조금 전에는 어눌했다면, 이번엔 정확히. 또박또박 경식의 머리로 말을 걸어오고 있었다.

죽여라. 죽이자. 나와 함께 모두를 죽여라. 죽이고, 찢어발기고, 나의 검신에 피를 묻혀라. 그 뜨거운 온도를 내가 느낄 수 있게!

"이, 이런. 소, 손이 멋대로!"

경식은 자신도 모르게 양손으로 검을 쥐더니, 그 끝으로 허공을 가리켰다.

"으익! 피해요!"

휑!

검이 눈앞 허공을 베었다. 그리고 그 자세는 완벽하고 단조로워, 옆에서 보고 있던 제이크가 다 놀랄 정도였다.

"검을 배우신 적이⋯⋯?"

제이크는 말을 하다 말고 소울이터를 들어 올렸다.

까가가각!

"흐음! 주인님!"

"으아아. 제가. 제가⋯⋯ 그러는 게 아닙니다! 아닙니다요!"

홍! 휘이잉!

카가가각!

"아닙니다요오오오!"

까가가각!

손이 멋대로 움직여 제이크를 베어가고 있었다. 제이크는 주인이라고 생각하는 경식이 자신을 노려 오니, 반격을 못하고 방어만 하고 있었다.

"제, 제발 거두어 주십시오!"

"제이크 당신이라면 어쩌겠어요? 멋대로 움직인다니까요?"

"크윽! 어서 정신을 차리십시오!"

"지금 난 제정신이라고요. 제정신인데 무슨 정신을 차려, 이 개새끼야!"

"……!?"

욕지거리와 함께 경식의 몸이 더욱 빠르게 움직였다. 보랏빛 아지랑이가 뿜어져 나오더니 팔의 힘이 더욱 거세졌다.

꽝! 꽈과과광!

"크윽!"

멀리서 지켜보고 있던 슈아가 한마디 거들었다.

"피하면 되잖아요!"

"피하는 건 부끄러운 짓! 남자라면 근성으로 공격을 받아낸다!"

"이 멍청한 삼촌아!"

"그래? 그럼 어디 한 번 받아 봐. 이것도 받을 수 있어?"

경식의 입꼬리가 한쪽으로 씩 말려 올라갔다. 경식 특유의 해맑은 표정이 아니라, 사람 열 명 정도는 도륙한 연쇄살인범이 여인의 새하얀 목을 보면서 입맛을 다실 때나 짓는 그런 웃음이었다.

제이크가 눈을 부릅떴다.

"저, 정신 차리십시오. 왜 이러십니까!"

그 말에, 경식이 피식 웃으며 반대편 손으로 귀를 후볐다.

"난 정신이 멀쩡해요. 아아주 멀쩡하다고? 그런데 왜 계속 정신을 차리라고 그래? 그러면 내가 짜증이 나냐, 안 나냐? 이게 오냐오냐해 주니까 주인한테 기어올라?"

"……!"

"시팔 막말로 내가 널 베면 안 되냐? 너 나한테 충성을 다 한다며? 의리니 근성이니 한 건 그냥 한 번 지껄여본 개소리냐?"

"그, 그것은……."

"그래 내가 백 번 양보해서, 이 멋진 녀석한테 감화되었다고 치자. 그러면 난 너의 주인이 아닌 게 되는 거냐?"

그 말에 제이크가 혼란스러워했다.

"아닙니다! 주, 주이님이십니다."

그 말에, 경식의 눈동자에 핏대가 섰다.

"그렇다면 꿇어. 네 그 굵은 목 한 번에 쳐내기 쉽게."

"……크으으으!"

제이크는 검을 내려놓고, 무릎을 꿇었다.

그 광경을 보며 구미호가 어이가 없었다.

[이, 이게 무슨 일이야? 우리 경식이가 왜 이렇게 됐지?]

그 말에, 경식이 구미호를 노려보며 말했다.

"네년도 기다려. 저 새끼 목 따고, 아주 재미있게 요리해 줄 테니까."

[…….]

구미호의 얼굴에 표정이 없어졌다. 경식이 완전히 마검에게 정신을 잡아먹혔다고 판단된 것이다.

[역시 안 되나?]

구미호가 결연한 표정으로 경식에게 다가갔다.

"꺼져."

경식은 제이크의 목을 베려다 말고, 구미호를 해할 수도 있는 마검으로 그녀를 도륙하려 했다.

휙!

[그런 검격쯤은 많이 겪어봤거든? 나도 왕년에 말이야!]

"……!"

구미호가 경식의 가슴. 정확히는 여우구슬이 있는 곳으로 들어갔다.

스으읏.

"끄으으윽!"

순간 경식의 표정이 무표정으로 변하더니, 다시금 생기가 넘치고 맑은 경식 특유의 표정으로 변하였다.

"아…… 내가 도대체……?"

머릿속으로 이야기가 들려온다.

[네가 저 작대기한테 져서 그래. 지금도 내가 없으면 질 거야. 지금 목소리 같은 건 안 들려?]

'안 들렸으면 좋겠지만…….'

지금 이 순간에도 살인검의 목소리가 경식의 머릿속을 송곳처럼 찌르고 있었다. 그것도 그냥 송곳이 아니라 얼음처럼 차가운 얼음송곳이다.

조금 전, 그것에 이기지 못해서 이성을 상실한 듯싶다. 기억은 다 나는데, 마치 술을 진탕 취했던 것처럼, 자신이 정상이었다면 해선 안 됐을, 아니 하지도 않았을 것들이 마구 튀어나온 것이다.

[너의 살인충동을 끄집어내고 있는 거야. 지금도 그럴 테고…… 어쩌지? 지금은 내가 있으니 그나마 견딜 만하겠지만…….]

당장에라도 검을 뿌리치고 싶은 심정이다. 그런데 그런 마음을 배신이라도 하듯, 그의 손은 이 검을 꽉 쥐고 있다.

'이건 뭐 반지의 제왕의 절대반지여 뭐여?'

어이가 없는데, 어이가 없는 것보다도 훨씬 어처구니없을 정도로 그의 뇌가 녀석의 사념에 의해 공격당하고 있다.

어떻게든 해야 했다.

영혼들은 도움이 안 된다. 어찌 된 영문인지, 영혼들의 목소리가 들리지 않고 있다. 구미호의 목소리 역시 구미호니까 경식에게 닿는 것이지, 평소처럼 뚜렷하게 들리지 않는다.

마겸이라는 막에 둘러싸여 있는 것 같은, 심해에 묻힌 것 같은 기분 나쁜 느낌이 든다.

그리고 생각 끝에, 결론에 이르렀다.

누군가가 답을 아는 것도 아니라면, 그래서 답대로 할 수 없다면?

"내가 가장 잘하는 걸 하는 수밖에 없지!"

경식이 눈을 부릅떴다.

그러자 그의 몸에서 아지랑이가 뿜어져 나오기 시작했다.

노란 색도, 회색도, 회황색도 아니다.

보라색이었다.

그리고 그 보라색의 아지랑이가 경식의 손끝으로 이동하기 시작했다.

이 기운을 내보내려는 것이다.

내보내서, 이 빌어먹을 검에 주입하려는 것이었다.

"끄이요오오오옷!"

경식은 눈을 부릅뜨며 검 쪽으로 기운을 몰아내었다. 때문에 검지 부분 한 마디까지 기운을 몰아세우는 데에 성공했다. 그의 검지 끝 마디는 보라색이 지나쳐서 검은 색으로 빛나고 있었다.

하지만 그것은 바깥으로 분출되고 있지는 않았다.

'이러다간 터져 나가겠는데?'

터져 나갈 땐 모두가 위험하다. 기운이 수류탄처럼 사방으로 터져 나가기 때문이다. 때문에 제이크가 와서 손가락을 꽉 쥐어 주곤 했는데, 이젠 제이크가 도와줄 수도 없다.

그리고 도와줄 생각도 없나 보다.

제이크는 눈을 부릅뜨며 경식에게 외쳤다.

"근성! 근성으로 밀어붙이십시오!"

"아오! 진짜아아악!"

경식은 짜증을 부렸지만, 그 짜증부리는 힘까지 합쳐서 밀어붙였다.

슈아가 그런 경식에게 도움을 주었다.

"오빠 힘 내! 그거 잘못 되면 여기 사람 다 죽어. 알지? 살인마 되기 싫으면 처신 잘 해."

"그래, 안다. 아주 참으로 힘이 되는구나아아!"

경식은 어이가 없어서 힘이 빠지려고 했지만, 더욱더 밀어

붙였다.

이제는 아예 손끝에서 피가 나오는 것 같은 상황이 되었다. 마치 손 따기 전, 손을 꽉 묶어서 피가 안 통하는 느낌이랄까? 게다가 색깔 역시 비슷했다. 아니, 더해서 완전 거무죽죽했다.

아지랑이 같은 기운으로 이렇게 되기까지 얼마나 기운을 모은 것인가!

그런데 이게 발출이 되지를 않는다.

[사정은 알지만 어떻게 좀 해 봐…… 힘 떨어지려고 그래.]

'안 그래도 느껴져. 이 녀석의 목소리가 더욱 커지고 있어!'

검은 이제 날뛰지 않고 가만히 있었다. 하지만 그것은 포기한 것이 아니라, 경식의 의식 속에 전력으로 들어오려는 것이다.

그리고 그 순간, 뭔가 번뜩 하는 생각이 들었다.

'기운을 회전시켜볼까?'

기운을 밀어 넣는 것이 아니라, 밀어 넣으면서 회전을 가하면 뚫는 것이 수월할 것 같았다.

말 그대로 드릴의 효과를 보려는 것이다.

그렇다면. 기운을 회전시킬 순 있나?

해 보진 않았지만, 기운을 움직이고 내모는 것까지 가능한데, 그 정도 기교는 시도하면 할 수 있을 것도 같았다.

시간이 없다.

즉시 착수에 들어갔다.

"끼교교교교교곡!"

"……"

이상한 소리를 내자 모두가 맥이 탁 풀린 듯한 표정을 지었지만, 경식은 정말 진지했다.

그리고 뭐랄까. 뚝방 터지듯 경식의 기운이 손끝으로 뿜어져 나왔다.

제이크가 씩 미소를 지었다.

"축하드립니다! 그것을 검에 밀어 넣으세요!"

"네에에!"

축하를 받을 겨를도 없었다. 그저 뿜어져 나온 힘을 빌어 먹을 마검 안으로 밀어 넣을 뿐이었다.

움찔!

파르르르르르르!

기운을 주입받은 마검이 파르르 떨었다. 점차 경식의 머릿속으로 송곳처럼 찔러 오는 관념도 잦아들었다. 더욱 편해졌다는 말이다.

그렇다면 기운을 집어넣는 것이 한층 수월해진다!

파르르르르!

검이 최후의 발악을 하듯, 경식의 뇌를 후벼 팔 기세로 관념을 전달했다. 여기서 기세를 빼앗기면 경식이 지고 만다. 이 터닝 포인트를 지나쳐야 기세를 완전히 가져올 수 있다.

그리고 그를 도와줄 이들이 나타났다.

아니, 그들의 목소리가 겨우 경식에게로 닿은 것이라고 할 수 있겠다.

[취이익! 진명을 호명! 취익!]

[진.명을 말하.라!]

"......!"

경식은 주저 않고 모든 힘을 쏟았다.

그의 눈동자가 어느새 회색과 노란색 오드아이로 돌변했다.

=이안트, 태론, 나와라!

좌아아아악!

등 뒤에서 거대한 오크와 트롤의 상반신이 뽑아져 나오더니, 경식이 쥐고 있는 마검의 검날을 움켜쥐었다.

파르르르르!

=제발 잠잠해져라아아아아!

두 영혼과 동화된 경식이 그리 외치며 모든 힘을 뿜어냈다. 그에 맞춰 이안트와 태론 역시 전력으로 자신의 힘을 검으로 밀어 넣었다. 경식이 밀어 넣는 것을 터득하자, 그들 역시 자신의 힘을 뿜어내는 것이 가능해진 것이다.

파르르르!

마검은 여전히 떨었다. 그런데, 조금 전엔 힘을 쓰려고 몸을 떤 것이라면 지금은 조금 달랐다.

두려움에 떨고 있었다.

그리고 검의 내면이 조금이지만 실금이 가기 시작했다.

쩌적. 쩍 하는 소리가 귓가에 들린다.

드디어 이 녀석이 깨어지고 있는 것이었다.

"조금만 더어어어!"

경식이 핏대를 올리며 힘을 더 주입하고 있을 때, 가만히 그것을 보고 있던 왕년 노인이 그런 경식을 뜯어말렸다.

―어허! 지금 뭐 하는 짓인가! 진짜 검을 부러뜨리려 하는 가아아아!

"으잉?"

경식은 맥이 탁 풀렸다. 그리고 덕분에 뿜어지는 힘이 흩어져 버렸다.

하지만 다행히 마검은 당할 대로 당한 나머지 만신창이가 되어 푸들푸들 떨고 있을 뿐, 반격을 가하진 않았다.

―보게. 자네가 지금 힘을 풀고 있음에도 검에 영향을 받고 있지 않지 않은가?

"그, 그건 이 녀석이 힘들어서잖아요?"

―아니네. 왕년에 검을 오래 쥐었던 나는 알 수 있네. 지금

저 검은, 325년 하고도 28일 된 자신의 생이 지금 마감되지 않나 싶어 두려움에 덜덜 떨고 있는 것일세.

"325년 하고도…… 뭐요?"

그 말에, 왕년 노인이 크게 당황했다.

―시, 신경 쓰지 말게. 언제 내 허풍 신경이나 썼는가?

[아니 왠지 그 하고많은 허풍들 중에서 지금 말은…… 왜 앤지 진정성이 느껴져서 말이야?]

―기, 기분 탓일세. 아무튼 저 검은 지금 잔뜩 겁을 먹었으니, 지금 자네의 관념을 보내면 아마 순순히 따라줄 걸세.

말 그대로, 살려 줄까? 하면 설설 기어서라도 살려달라고 할 것이라는 이야기인 것이다.

―그 검을 자네가 다스릴 수 있다면, 자네가 쓰는 것이 가장 좋은 거라고 말을 하는 걸세. 아니면 정말 부러뜨려도 좋네.

"흐음."

경식은 눈앞의 검을 바라보며 아주 잠깐 고민했다.

이 살인검을 자신이 써도 될까?

검 자체는 상당히. 아니, 상당히라고 말하는 것이 모자랄 정도로 좋은 검이다. 바위를 두부처럼 자르고, 쇳덩어리 역시 마찬가지다. 이렇게 잘 들고, 단단한 검은 어디에 가도 없을 것이다.

"하지만 살인검이잖아요?"

경식은 고민했다. 하지만 다시 생각해 보면, 살인검은 맞지만 검이라는 것 자체가 무언가를 베기 위해서 존재하는 물건이니만큼, 이 검에게는 큰 잘못이 없다.

검은 자신의 본분에 충실했고, 자신의 힘이 강해지니 주객전도를 하여, 쥔 사람에게 자신의 쓰임새를 엄청나게 어필한 것에 지나지 않는다. 물론 자신의 본분에 너무 충실했던 것이 문제지만.

지금 약해질 대로 약해져서 목숨을 구걸하고 있는 눈앞의 검이라면, 경식이 다룰 수 있을 것도 같았다.

"관념을 보내라고요?"

—자네 역시 검에게 관념을 받았지 않은가? 그렇다면 자네 역시 관념을 보낼 수 있겠지. 아니 그런가?

그 말에 경식은 자동적으로 고개를 끄덕였다.

그것은 마치 돌려차기를 보고 그대로 돌려차기를 따라하는 것과 같은 일이지만, 이런 쪽으로 경식의 재능이 타의 추종을 불허해서인지, 검에게 관념을 전달할 수 있었다.

경식은 눈을 감은 채, 관념을 전달했다.

'너는 사람을 죽이기 위한 도구가 아니다.'

파르르르!

마치 부정하듯 떨려 온다. 이미 예상한 바였다.

'네가 사람을 죽이기 위한 도구라고 외쳐대면, 난 널 부러 뜨릴 것이다.'

파르르르르!

'다른 건 죽여도 되는데 사람은 죽이면 안 돼. 오케이?'

파르르르르르!

계속 부정을 한다.

안 되겠네.

경식은 그런 생각을 하며, 다시금 이안트 태론과 함께 힘을 주입하기 시작했다.

쩍. 쩌저저적!

검신 부분이 조금씩 금가기 시작했다. 검은 더욱 몸을 떨었다. 떨고, 떨고, 끝까지 반항하다가, 결국 경식에게 관념을 전하였다.

그리고 그 관념은, 노력해 보겠다. 였다.

'노력해 본다고? 허어…… 죽을지도 모르는 상태에서 그런 말을 한단 말이야? 노력해 보겠다고?'

우우우웅.

검명이 울렸다.

아주 맑지만 날카로운 떨림이다.

뭐랄까.

짜증 잔뜩 묻어나는 긍정.

말로 표현하자면······.

"늬예늬예 알게씁니다아······ 이쯤 되려나? 요 녀석 이거 성깔 있네."

경식은 한숨을 내쉬며 그 검을 노려봤다. 그리고, 검을 한 번 두 번 휘둘러보았다.

횡. 휘이잉.

쒜엑!

"음······."

좋았다. 검을 쥐자, 자연스레 자세가 잡힐 정도였다.

자세를 아냐고? 모른다.

하지만 그것을 보던 제이크가 눈을 부릅떴다.

"훌륭한 베기와 자세입니다!"

"에······ 그래요? 그냥 잡아본 건데?"

말 그대로 검이 길을 가르쳐 주고 있는 것이었다. 많은 사람들에게 휘둘림 당하고, 끝끝내 많은 사람들을 휘두르던 검.

그 검은, 검을 쥔 사람의 체형. 스타일 등을 미리 파악하고 가장 이상적인 움직임을 제현 하는 것이다.

이건 뭐랄까. 검이 경식을 휘두르는 게 아니라, 검의 기억을 경식이 읽고 무의식적으로 재현하는 느낌이랄까?

뭐가 어찌 되었건, 검을 배우는 데에 더욱 수월해졌고 그것이 경식의 주도 하에 일어난 일이라는 것이 중요했다.

"이거라도 잘라볼까?"

경식이 검을 들어 바위를 그어보았다.

푸욱!

잘리진 않았지만, 반쯤 박혀 들어갔다. 이것은 힘이 약해서이지, 마음만 먹으면 벨 수 있다는 의미였다.

"잘 드는 검이네. 그런데, 이러면 사람도 그어지잖아?"

―어디 한 번 시험을 해 보게나. 그 검이 정말 사람을 베는지, 베지 않는지 말일세.

그때 제이크가 눈을 부릅뜨며 외쳤다.

"저에게! 저에게 해 보십시오!"

"……뭐라고요? 네?"

"제 팔을 크게 내려치십시오!"

"아니 그러면 잘리죠!"

―글쎄. 그럴까? 자네가 마음을 먹는다면, 그 검은 흉기도, 그냥 그런 몽둥이도 될 수 있을 걸세. 이미 이 검은 그럴 수 있는 검이야.

"아니 그러니까. 왜 그렇게 자세히 아시냐는 거죠."

―검의 날을 자세히 보면 알 수 있지.

그 말에, 경식은 쥐어진 검의 날을 보았다.

애초에 검이 미친개처럼 날뛰는 바람에 검 날을 볼 겨를이 없었는데, 이제 보니 날은 검 모양의 철 작대기라고 해도 좋을 만큼 무뎌져 있었다. 이빨도 다 빠져서 톱날이 아닐까 싶을 정도다.

이런 검이, 검을 자르고 나무를 베고 바위를 갈라 버린 것이다.

그것 자체가 말이 안 되는 일인데, 그런 것을 해낸 것이다.

—이미 의념으로 사물을 벨 수 있는 경지에 든 검이라는 거지. 이 검으로 살심을 품으면 못 베는 게 없을지도 모르네. 하지만 의지가 없으면 베어지지 않지. 자네는 의지가 없겠지만, 이 검 역시 의지가 없어야 하네. 그래야 베어지지 않지. 검의 의지를 확인해 보게나.

"뭐, 뭐야. 왜 이렇게 말을 조리 있게 해요?"

경식은 검 앞에서 진지해진 왕년 노인을 바라보며 어깨를 으쓱였다. 정말이지 이상한 양반이다.

그리고 더 이상한 양반인 제이크가, 눈을 부릅뜨며 팔이 아니라 목을 들이민다.

"여기를 쳐 주십쇼!"

"아니 이런 미친! 왜 그래요?"

"아까 제가 주저했던 것에 대한! 찢어졌을 유대에 대한 사죄입니다!"

"이건 뭐 할복이여, 뭐여!"

경식의 만류에도 불구하고 제이크는 막무가내였다.

"주인님은 검에 지배당하셔도 주인님이십니다! 그리고. 저는 주인님께서 이렇게 검을 제압하실 줄 알았습니다! 하지만 못 믿으시겠지요."

"아뇨. 믿어요. 믿는……!"

"그래~서! 저는 제 목을 내놓음으로써, 주인님께서 이 검을 제압 했다는 사실을! 제 몸으로 증명을 하는 거지요! 이거야말로 주인님에! 대한! 나의! 충성심! 그건! 엄청난! 우리의! 으리!"

"아니 어떤 미친놈이 소중한 사람한테 검을 휘두릅니까!"

경식의 말에 제이크는 뒤통수라도 얻어맞은 듯한 표정을 짓더니, 뜨거운 눈물을 닭똥처럼 뚝뚝 흘리는 것이 아닌가?

"커흐흑. 감동. 감동! 또 감동입니다! 저를 소중하게 여겨주시다니…… 지금 죽어도 여한이 없습니다!"

"아니 그러니까……."

"해, 해. 베어 버려. 삼촌이 목 내놓고 있는데 뭐. 알아서 하겠지."

슈아가 이제 질리겠다는 듯 그렇게 말한다. 그리고 그 말에, 제이크의 몸이 움찔 하고 떤 것 같다는 것은 기분 탓일까?

"하, 하십시오!"

"아 거참…… 알았어요. 베어져도 몰라요?"

움찔찔!

"……."

아무리 제이크라도 베어질지도 모르는 검에 목을 내놓는 것은 무서운 모양이었다.

"하지 말까요?"

"아니! 제가 움찔거리는 건 무의식 속의 두려움! 그 두려움마저 이겨내는 것이 저의 의지! 으리! 근성입니다! 어서. 어서 어어어!"

"에이 참!"

경식이 제이크의 목을 향해 검을 휘둘렀다.

까앙!

휘둘러진 검이 뒤로 튕겨져 나가며 파르르 떨린다.

제이크의 목에서 피가 세어 나왔다.

하지만 그것은 어디까지 '찍힌 자국'에 의한 것이지 '베인 상처'에 의해서 나오는 피가 아니었다.

이 정도로 세게 쳤으면 바위도 벨 수 있을 텐데. 무방비 상태의 제이크의 목엔 긁힌 상처뿐이었다. 그렇다는 것은 경식이 검을 잘 다스리고 있다는 증거였다.

—흐음! 자네가 우선 제압은 했다는 증거겠군. 하지만 길을 잘 들여야 할 걸세. 내가 왕년에 그런 검을 쥐어봐서 아는

데 말이야. 저런 검은 호시탐탐 자네의 이성을 노린다네. 거기에 넘어가면 끝이야. 항상 조심하게.

"그, 그래요. 뭐."

—검에 입문한 것을 환영하네.

멋있는 말인데, 왜 왕년 노인이 말하니 멋이 없는 것일까? 알 수 없는 일이었다.

어찌 되었건, 경식은 뜻하지 않게 검을 얻게 되었다.

Chapter 9
마무리

"검을 얻은 건 검을 얻은 건데……."

검을 얻었다고 해서 상황이 종료되는 것은 아니었다. 아니, 심정적으로 힘이 드는 상황은 오히려 그 이후였다.

생각해 보라. 여러 사람들이 죽었다. 그것도 모두 억울하게 죽었다.

그러면 어떻게 되겠는가?

모두들 지박령처럼 이곳에서 묶여 있게 된다. 한이 서려 있으니 망령이 될 가능성이 농후하다.

게다가 죽은 자와 죽인 자가 함께 있다.

원수가 외나무다리에서 만나는 것도 아니고……이 상황

을 도대체 어떻게 해야 한단 말인가?

[보여 줄까?]

구미호는 경식에게, 지금 이 가관인 상황을 보여 줄까 하고 물어보았다. 사실 경식 역시 아지랑이처럼 희미하게 상황이 보이기는 하는데, 구미호의 힘을 빌리면 상황과 목소리까지 정확히 들을 수 있다.

"으음…… 싫긴 하지만."

경식은 내키진 않지만 일단 고개를 끄덕였다. 그러자 구미호가 눈을 부릅뜨며 경식에게 집중했고, 곧 아지랑이처럼 보이던 것들이 선명해지며 목소리까지 들려 왔다.

[의외로 상황은 조용할 거야.]

구미호의 말대로 상황은 의외로 조용했다.

죽임을 당한 모든 이들이 한 곳을 바라보고 있었고, 그곳에는 모두를 죽인 장본인인 솔라스가 묵묵히 그 시선을 받아 내고 있었다.

죽임을 당한 자들 중 대표 격이 되는 제른이 부들부들 떨리는 목소리로 말을 이어 갔다.

―네놈을 이곳에서 천 갈래 만 갈래로 찢어 죽이고 싶을 뿐이다!

―……미안하게 되었다. 하지만…… 나도 어쩔 수 없었다. 죽기 싫었으니까.

―모두를 죽이고도 그런 소리가 나오다니. 정말 이걸 뭐라고 해야 하는 건가!

제른은 통탄해하고 있었다.

그런 가운데, 경식이 끼어들었다.

"결국 자살했잖아요?"

―뭐야. 내 말이 들리는 건가.

"예. 아주 잘 들립니다."

―……

귀신의 말을 들을 수 있다니. 이곳에 있는 모두는 크게 놀라며 경식을 바라봤다. 그런데 별다른 위화감은 없었다. 아직 자신들이 귀신이라는 자각이 없었기 때문일 것이라 경식은 판단했다.

하긴. 죽은 지 1시간도 안 된 사람들이니 그럴 만도 했다.

"그런데 모두 색깔들이 거무죽죽하시네요."

아닌 게 아니라 모두의 색깔이 거무죽죽했다. 한이 맺혀 있을수록, 그리고 그 한이 커질수록 영혼의 색깔이 검은 색으로 변하는데, 죽은 지 얼마 되지도 않아 이런 색으로 변한다면, 내일쯤엔 자기 자신이 누군지도 알지 못한 채 구천을 떠돌게 된다.

완전한 망령이 되는 것이었다.

그리고 그것은 제른이 가장 위험해 보였다.

"그래도 죽은 후에 이렇게 영혼으로나마 사고할 수 있다는 게 좋은 일 아닌가요? 그렇게 한이 깊어요, 다들?"

그 말에 제른이 대표해서 고개를 끄덕였다.

—영혼이 되자마자 저 녀석이 죽기를 바랐다. 네가 저 녀석을 죽이기를 바랐지. 그런데 자살을 하더군. 자살을. 자살을…… 우리의 복수는 아직도 끝나지 않았다!

그 말에, 경식이 답답하다는 듯 말했다.

"복수를 어떻게 할 건데요? 이미 둘 다 죽은 상태이고, 영혼끼리도 싸우는 게 가능한가?"

듣고 있던 왕년노인이 끼어들었다.

—보통 불가능하지.

"그렇다는데요?"

—크으으윽!

제른을 포함한 모두의 몸 색깔이 눈에 띄게 거무죽죽해졌다. 분한 마음에 더욱 한이 쌓이고 있는 것이었다.

그것을 보고 있던 카나가 금방이라도 울 것 같은 표정이 되었다.

—아빠…… 모두들…… 그러지 마요.

그녀의 몸 색깔은 맑고 투명했다. 금방이라도 성불을 할 수 있을 것 같다. 하지만 아버지와 죽은 마을 청년들이 걱정이 되어 그러지 못하고 있는 듯했다.

그리고 이대로 있다간 그녀 역시 그들에게 감화가 되어 점점 망령이 되어 버릴 것이다.

솔라스가 한숨을 푹 내쉬며 말했다.

—모두들 미안하네. 어쩔 수 없었다는 말은…… 변명밖에 되지 않겠지.

—이 자리에서 죽어라. 조금 전처럼 자결을 해!

하지만 말 뿐, 제른 역시 그 말이 얼마나 멍청한 말임을 잘 알고 있었다.

"오히려 죽어 가는 쪽은 당신들인 것 같은데요?"

모두들 검은 색으로 일변하는 가운데, 카나는 맑았고 솔라스의 몸 색깔 역시 그리 검지 않았다. 오히려 솔라스는 후련하다는 표정까지 짓고 있다.

제른과 청년들이야 억울하겠지만, 이대로 가다간 그들이 망령이 되고, 솔라스는 성불을 할 것 같다.

"흠! 상황이 참 곤란하네요."

경식이 고개를 회회 저으며 한숨을 내쉬고 있을 때,

경식이 안타까운 마음에 한숨을 내쉴 때였다.

가만히 있던 솔라스가, 담담하게 웃으며 카나에게로 다가갔다. 그걸 본 제른이 눈을 부릅떴다.

—어디 더러운 손으로 카나를 만지나!

─내가 볼 땐 자네가 더 더럽지 싶네.

─……!

카나에게 다가간 솔라스가 소녀와 눈을 맞췄다. 카나는 쭈뼛거림도 없이, 솔라스의 눈을 응시하며 이내 웃음을 그려냈다.

그걸 보며 제른은 괴로운 표정을 지었다.

─이리 오너라.

─아빠…… 그러지 마요. 아빠가 이러는 거, 슬퍼요…….

─이리 오라고 하지 않았느냐!

카나는 더더욱 슬픈 표정이 되었다.

경식은 그걸 보며, 혀를 끌끌 찼다.

"자식보다 못한 애비가 여기 있었네."

─……?

"자기 생각에 확신을 갖는 건 좋지만, 남까지 그것에 끌어들이는 것은 이런 결과를 낳지요."

제른은 리더십이 있어 뭇 청년들을 이끌고 다녔다. 하지만 그 리더십의 기반이 되는 강제성이 어린 카나에게는 상처로 다가왔다.

"억지로 한다고 되나요, 어디? 그리고 내가 알기로 솔라스와의 사이에도 조금의 오해가 있던 걸로 아는데요."

그 말에, 솔라스가 한숨을 푹 쉬며 고개를 끄덕였다.

―데이비드가 모두를 죽이고, 그 후에 내가 데이비드를 죽인 것일세. 그때만 내 말을 잘 들어 줬더라면. 그랬더라면 이렇게까지 일이…… 휴우. 물론 자네 탓을 하는 건 아닐세. 하지만 자네 때문에, 죽지 않아도 될 사람들이 죽었어.

　분명 솔라스는 죄를 저질렀다. 하지만 그 죄인을 죽이고자 제른은 주변에 자신의 의견을 피력했고, 감화시켰고, 결국 많은 이들을 저승 길동무로 데려갔다.

　카나 역시 그 길동무에 포함되어 있고 말이다.

　―…….

　거기까지 들은 제른은 말없이 털썩 주저앉았다.

　솔라스는 한숨을 내쉬며 카나에게로 갔다.

　―아저씨는 죄인이란다. 그래도 이 아저씨를 잘 대해 주어 고맙구나.

　―아저씨도…… 아빠도…… 모두들 다 행복했으면 좋겠어요.

　―너의 아버지는 내가 없어져야 편해질 것 같구나. 그리고 이미 죽은 내가 죽을 수는 없는 노릇이지.

　거기까지 말한 솔라스가 경식을 바라본다.

　―그 검에는 검집이 필요할 걸세. 검이 풍기는 악의 기운은, 아무리 자네가 맑다 한들 억제하기 힘들 거야. 그리고 내가 그 검집이 되어 주겠네.

거기까지 말한 솔라스가 자신이 작업하던 대장간으로 발걸음을 옮겼다.

그의 뒷모습은 경식에게 '이리로 오라'고 말을 하고 있었다.

경식은 따라갔고, 그곳에는 투박하고 거무튀튀한. 하지만 거울처럼 매끄러운 검집 하나가 모루 옆에 비스듬히 놓여 있었다.

—내가 만든 검집일세. 저 녀석을 가둬둔다는 일념을 담아서 천 번, 만 번, 수십만 번을 두드린 녀석이지. 만족할 만큼 두드렸네. 그 속에는, 내 혼이 담겨 있겠지. 이 녀석은 나 자체라고 말해도 좋네.

말 그대로 장인의 혼이 들어간 검집이라는 말이었다.

옆에서 둘을 지켜보던 제이크가 말을 이었다.

"흐음! 검집에서 근성이 느껴집니다! 이 정도면 정말 이 검을 순하게 만들 수 있겠군요!"

허나 그렇다 하여 마법 검집이 되거나 하는 것은 아니었다. 장인의 혼만으론 이 무식하리만치 자신의 본분에 충실한 검을 순하게 만들 수 없다.

—하지만 내가 들어가면, 달라지지.

솔라스는 그리 말하며 검집에 자신의 손을 대었다. 그러자 신기하게도 검집이 수표면이라도 되듯 솔라스의 팔이 그곳으로 쑥 들어간다.

하지만 솔라스는 그저 들어갈 수 있는지만 확인했을 뿐, 그곳으로 들어가지는 않았다.

아직 할 일이 남아서였다.

솔라스는 제른과 죽은 이들을 바라보며, 무릎을 꿇었다.

—정말 미안하게 되었네. 자네들을 죽인 건 나이고, 나는 벌을 받고 있네. 그래서 저 검집으로 들어가, 저주받은 검이 날뛰지 않게끔 할 생각이야. 내 의지를 버린 채, 검집의 본분에 충실하며 살아갈 생각이네.

검집과 하나가 되어 사고를 할 수 없는 무생물처럼 변해 버린다. 그러한 영향력을 행사하기 위해선 큰 정신력이 필요하고, 때문에 식물인간과 같은 처지가 된다.

즉, 생각을 하지 못한다는 것이다.

그것은 이미 죽은 것과 마찬가지였다.

이미 한 번 죽은 영혼으로써, 또다시 죽을 수 있는 유일한 방법이다.

거기까지 들은 제른의 표정은 여전히 변하지 않았지만, 그렇다고 다그치듯 욕지거리를 토해내진 않았다.

—이것으로 용서가 될 것이라 생각지 마시오.

—그래도 내가 할 수 있는 최선을 다 할 생각이라네. 카나를 위해서. 그리고 자네들을 위해서…… 말일세.

그러고는 카나를 보는 솔라스.

—나를 원망하니?

—아니요. 원망하지 않아요.

—미안하구나.

—괜찮아요…….

솔라스는 카나를 영원히 생각 속에 담아두려는 듯 응시하더니, 이내 검집 속으로 머리를 들이밀었다.

물속으로 들어가듯 검집으로 들어간 그는, 한참이 지나도 나오지 않았다.

이내 검집이 은은하게 빛나기 시작했다.

파르르르르르.

이윽고 경식이 들고 있는 마검 역시 파르르 떨기 시작했다. 마치 '들어가기 싫어!' 라고 말하고 이는 듯하다.

경식은 씩 웃으며 마검을 검집에 집어넣었다.

착!

파르르! 파르르르르르!

갓 잡아 올린 물고기처럼 날뛰던 마검이 이내 죽은 듯 잠잠해졌다.

검집에 효과가 있는 것이다.

경식은 검집을 한 번 쓰다듬으며 한숨을 토해 냈다.

"결국 자신이 만든 검집이 되었네요, 솔라스라는 사람은."

—…….

무거운 적막이 내려앉았다.

경식은 아무 말 없는 제른과 영혼들을 바라본다.

"이제 좀 속이 후련하세요?"

—……잘 모르겠군.

"그러지 마시고 다들 한 풀고 성불하세요. 뭐 한이 풀라
고 풀리는 건 아니겠지만, 아마 모르긴 몰라도 솔라스는 평
생 이 안에서 마검을 억누르려고 사투를 벌일 거예요. 영원
히 고통 받을 거라 이 말이지요. 이 정도면 됐잖아요?"

거기까지 말한 경식은 카나를 바라봤다.

"너도 얼른 성불해."

—아빠랑 같이…… 갈 거예요.

"넌 참 착하구나."

경식은 한숨을 푹 내쉬며 제른 일당을 바라보았다. 그
눈빛에는 좀 보고 배우라는 투가 역력했다.

"알아서들 하세요. 전 이제 모릅니다. 원래 이곳 사람도
아니었고요. 카나가 약간 걱정이긴 하지만……."

경식은 카나를 보다가, 이내 고개를 돌렸다.

어쩔 수 없는 일이었다.

"저희는 갑니다. 성불을 하시건, 여기서 망령이 되건 마
음대로 하세요."

경식은 그 말을 끝으로 발걸음을 옮겨 산을 내려갔다. 이 마을을 떠날 생각이었다.

모두가 그런 경식의 뒷모습을 보았지만, 아무런 말도 할 수 없었다.

카나만이 손을 흔들며 작별을 고할 뿐이었다.

—오빠! 도와줘서 고마워요오오!

"……끄응."

경식은 손을 휘휘 저어보이며 작별을 고했다.

일행은 그렇게 산을 내려가, 짐을 싸고 길을 나섰다.

*　　　*　　　*

"마음이 좋지만은 않네."

마을을 나서며 경식이 한숨을 푹 내쉬었다. 떠나는 발걸음이 무겁기 그지없었다.

솔라스는 잘못을 했다.

하지만 그렇다고 제른이 잘못이 없을까?

제른은 마을 사람들을 끌어들였고, 죽게 만들었다. 그것은 자신의 딸인 카나 역시 마찬가지였다.

그렇다면 모두가 나쁠까?

"……."

─복잡한 생각에 잠겨 있는 듯한 표정이로구먼.

왕년 노인이 다가와 허허롭게 웃었다. 그 모습을 보고 있자니 더더욱 한숨이 나오는 경식이었다.

"그냥 내버려 두세요."

─헐헐. 그럴 생각이라네. 누군가가 말을 해 줘봤자 해결되기는커녕, 더욱 미궁 속으로 빠져들지. 아마 그래서 자네의 종임을 자처하는 제이크 역시 아무런 위로도 안 건네는 것일세.

"……."

맞는 말이다. 제이크는 그저 묵묵히 경식을 따라 걸을 뿐이었고, 슈아 역시 제이크처럼 입을 꾹 다물고 걷고 있을 뿐이었다.

구미호 역시 그것은 마찬가지였다.

─왕년에 말일세. 나도 이런 상황을 많이 겪어봤다네. 고뇌해 봤자, 답이 나오지 않지. 그리고 자네는 그 아무도 구할 수 없네. 암. 지금 이 순간에도 이러한 상황은 비일비재하게 펼쳐지고 있을 테니. 억울하게 죽는 사람, 하늘 무서운지 모르고 사람을 죽이는 인간백정들…… 너무 많다네. 셀 수가 없지. 그리고 자네 역시 그들이 밟던 그대로 나아가는 중일세. 첫 걸음이지.

"그게 무슨!"

경식이 자신을 인간백정과 같이 취급하려는 노인의 말에
반박하려 했지만, 왕년 노인의 표정은 더없이 진지했다.

─같은 길을, 절대 가지 말게.

"……."

─왕년의 나에게, 꼭 해 주고 싶었던 말이지.

"어휴……."

경식은 말을 하려다 말고, 앞으로 휘적휘적 걸어 나갔다.

"제발 왕년 들먹이며 실없이 떠들던 영감님으로 돌아오
세요."

─헐헐헐헐헐헐.

노인은 웃었고, 일행은 말이 없었다. 구미호는 경식을
꼬리로 쓰다듬어 주고 있을 뿐이다.

꼬리가 따듯했고, 바람은 차갑고 시렸다.

마음은 무겁다.

하지만, 이 어찌할 바를 모르는 더러운 감정을 가슴에
새기려 한다. 앞으로 이런 상황은 많을 것이라는 노인의
말이 계속 머리를 맴돈다.

"영감님의 말, 새겨들을게요."

─그렇다면 더없이 바랄 게 없네.

얻은 마검을 쓰다듬으면서, 경식은 애써 웃었다.

일행은 그렇게 뜻한 바가 있는 장소로 가까워져 갔다.

＊　　　＊　　　＊

아그츠는 자신의 손가락에 끼워져 있는 반지에 입을 맞추며 앞으로 걸어 나갔다.

그는 지금 누군가를 찾아 헤매는 중이었다.

본 적도 없는 누군가. 하지만 그 누군가가 있는 곳을 그는 정확히 알고 있었다.

생김새도 모르지만, 일단 마주치면 알아볼 것이다.

그의 소울 에너지가 풍기는 냄새는, 그의 코를 치명적일 만큼 강렬하게 찔러 대는 중이기 때문이다.

이른바 냄새.

그는 잘 정련된 사냥개의 표정으로 가끔씩 코를 킁킁거리며 방향을 정했다.

그리고 그 뒤를 열 명의 이단심문관들이 뒤따라 걸어갔다.

산을 넘어 강을 건너고, 능선을 넘어 이곳까지 왔다.

그럼에도 불구하고 아그츠는 계속해서 자신의 후각으로 표적을 찾아다닌다.

부하 이단심문관들은 슬슬 아그츠가 의심스러울 법도 한데, 묵묵히 그의 뒤를 따라가기만 했다.

일주일 동안 북쪽으로 향하다가, 갑자기 서더니 남동쪽으로 방향을 꺾어버린 적도 있었다.

"표적이 이동한다. 그것도 아주 빠른 속도다."

그 말 한 마디에 모두들 고개를 끄덕이며 다시금 아그츠의 뒤꽁무니만 따라다니고 있었다.

그렇게 일주일의 시간이 더 지나갔다.

지금은 평야를 걷고 있었다.

모두가 지친 기색은 역력했지만 불신은 없었다.

분명 아그츠는 목표한 바를 이룰 것이라 모두가 생각하고 있었다.

그리고 하루를 더 지났을 때,

아그츠는 걸음을 멈췄고, 눈앞엔 불에 타다 남은 잿더미가 풀풀 풍기고 있는 화전민촌 하나가 보였다.

아그츠는 그 안으로 들어가 굴러다니는 시체 하나를 바라보며 고개를 끄덕였다. 중년 여인의 시체였는데, 허리가 끊어진 채 찢어져 있었다.

마치 거인이 양손으로 위아래를 잡고 비틀어 끊어 죽인 것 같은 모양새였다.

"아무래도 맞는 것 같군."

아그츠의 걸음이 빨라졌다. 뒤따르는 일행들의 걸음 역시 빨라졌다.

주변은 아비규환 그 자체였다.

찢겨 죽은 시체. 찌부러진 시체…… 뭐 하나 정상적인 시체가 없었다. 거대한 괴물이 한바탕 분탕질 해 놓은 것 같은 그런 모양새다.

하지만 그런 광경에 익숙한 것인지, 아그츠 일행은 아무런 감정의 변화도 없었다.

아그츠는 오히려 인상을 찌푸리며 한껏 기분 나쁜 표정이었다.

너무 많이 봐서 물리는 광경이기 때문이다.

그러던 그의 발걸음이 또 한 번 멈추었다.

작은 능선의 산 초입 부분이다.

"올라간다."

험하지 않은 산이라 그런지 쉽게 올라갈 수 있었다. 정상 즈음 도착하자, 그제야 정상적인 시체를 볼 수 있었다.

정상적인 시체 스무 구쯤.

시체가 정상적이라는 말은, 마을을 습격한 누군가의 짓이 아닌, 또 다른 인물이라는 것을 알 수 있게 해 준다.

"그 누군가가 저 안에 있다."

아그츠는 눈을 반짝 빛내며, 허공에 손을 뻗었다.

그러자 뒤에 서 있던 부하 수행원 중 한 명이 자신의 검을 뽑은 후 그에게 건네준다.

그것을 들고, 몇 번 휘둘러보던 아그츠는 양손으로 검을 쥐고 눈을 감았다.

곧 그의 몸에서 흰색 아지랑이가 풍겨 오르기 시작했다.

그것은 신성력.

그 신성력을 머금은 몸이 검을 휘두르자, 그 풍압으로 인해 주변 공기가 찢어지며 미증유의 기운이 쭉 늘어져 나아갔다.

그것이 대장간이었던 집을 덮쳤다.

파츠측!

있으나 마나 했던 문이 찢어져나가며, 안쪽의 광경이 드러났다.

"누군지 모르지만, 조금만 기다리지 않겠어?"

음산한 목소리였다.

그리고 기다릴 아그츠가 아니었다.

"네가 누군지 알고 왔다. 나오지 않는다면 집채로 부숴 버리는 수밖에."

"거참. 조금만 기다리면 된다니까."

하아아아.

깊은 한숨 소리가 집 안에서 흘러나왔다. 그런데 놀라운 건, 그 한숨 소리와 함께 어떠한 기운이 뿜어져 나왔다는 것이다.

그리고 그 기운이 몸에 닿는 순간, 쩌적 하는 소리와 함께 아그츠와 수행원들의 갑옷에 살얼음이 끼었다는 것이다.

살을 에일 듯한 추위였다.

그리고 그것이 한 사람의 한숨 때문에 일어난 현상이라니?

아그츠의 표정이 진지해졌다.

"모두들 신성력 사용을 허용합니다. 그리고 전 대원, 신성 사용을 허용합니다."

신성력과 신성은 다른 것이다. 마나 블레이드와 오러 블레이드만큼의 차이가 존재한다.

그리고 그것을 뿜어낼 수 있는 것은, 이곳에서 아그츠가 유일했다.

부르르르르르!

아그츠의 신성이 검에 맺히며 부르르르 떨렸다. 검을 빌려준 수행원에겐 미안하지만, 이번 전투가 끝나면 검은 부서질 것이다.

'검이 부러졌으니.'

아그츠는 빠득 이를 갈았다. 일전에 경식과의 대결을 떠올려서다.

'그때, 신성을 사용했더라면.'

상대를 너무 무시했다. 제이크에게만 신경을 곤두세웠

지, 경식. 쿠드라는 자는 아예 염두에도 두지 않았기 때문에 생긴 결과다.

신성력은 생명기. 그리고 신성은 생명 그 자체다. 그러니 사용을 꺼려하는 것이 당연하고, 그래서 상대에 맞게 영향력을 행사한다.

그것이 패인으로 작용했다. 에리오르슈 가문의 비기를 잠재우는 검이 부러졌으니 크나큰 손실이다.

지금 역시, 자신의 검이 있었더라면 자신이 신성까지 사용하는 일은 없었을 것이다.

'나와라.'

빠득.

아그츠는 경식에게 받은 패배감을 전의로 치환하며, 검 손잡이를 강하게 그러쥐었다.

그리고 문이 열리며 누군가가 여유롭게 걸어 나왔다.

"……."

"뭐야. 왜 다들 놀란 표정이지?"

나온 이는 인간이라고 부를 수 없는 모양새를 하고 있었다.

양팔이 흡사 늑대의 것처럼 생겼고, 철사 같은 은백색 털이 뿜어져 나와 있었다. 눈동자는 파란색이었으며, 암울한 바다 속처럼 빛나고 있다.

몸체 역시 3미터에 가까운 장신이라, 고개를 푹 숙이고 바깥으로 나왔다.

수행원 중 한 명이 침을 꼴깍 삼키며 말했다.

"웨어……울프?"

말 그대로 늑대인간. 하지만 늑대인간은 머리가 늑대인 반면, 저것은 그나마 인간의 형상을 하고 있었다.

게다가 늑대인간에겐 뿔이 없다.

시리도록 새하얀 두 개의 뿔이 뾰족하게 뿜어져 나와 있지 않는다.

정체 모를 생물?

아그츠는 이를 악물며 검을 쳐들었다.

"알스."

"내 이름을 아나? 이렇게 변해 버려서 못 알아볼 줄 알았는데, 처음 보는 놈들이 내 이름까지 아네. 어디서 왔어?"

쩍. 쩌저저적.

마을 하는 내내 새어 나온 숨결에 의해, 그들의 방패와 갑옷이 얼어붙어 갔다. 참을 수 없는 한기가 몰아쳤다.

"몸에 신성력을 돌리십시오."

모두들 고개를 끄덕이고 신성력을 끌어올렸다. 곧이어 몸이 보호되며 따스한 온기가 뿜어져 나왔다.

그 아우라를 느낀 알스가 인상을 팍 찌푸렸다.

"기분 나쁜 따듯함일세."

척. 척.

알스는 씩 웃으며 양팔. 아니, 앞발을 바닥에 대었다. 그러고서야 아그츠 일행과 눈높이가 맞았다.

"죽으려고 온 거지?"

……

"그럼 죽여줘야지."

알스의 신형이 사라지는가싶더니. 아그츠의 바로 앞에서 나타났다.

아그츠가 눈을 부릅뜨며 검을 추켜세웠다.

콰각!

몸을 지탱하던 아그츠의 양 발이 푹 꺼지며 발자국이 선명하게 남았다.

아무렇지도 않게 내뻗은 한 번의 공격에 의한 결과였다.

'쉽진 않겠군.'

하지만 질 것이라는 생각은 들지 않았다.

"모두, 집중 공격한다!"

그 말이 끝나기가 무섭게 10자루의 검이 알스의 몸을 찔러 왔다.

하지만 어느샌가 그 자리에 알스는 없었다.

"한 명을 상대로 너무하네."

뒤쪽에서 그리 말한 알스가, 씩 웃으며 고개를 끄덕였다.

"그럼 나도 혼자 싸울 순 없겠네."

그 말이 끝나기가 무섭게, 그의 가슴에 새겨져 있는 사령의 보옥에서 13마리의 망령이 뿜어져 나왔다.

모두 한기를 잔뜩 머금은 상태다.

크아아아아아!

13마리의 망령들이 수행원들에게 날아갔다.

수행원들은 신성력이 담긴 검을 들어 그었다. 망령들에게 상처를 입힐 수는 있었지만, 망령들은 개의치 않고 수행원들의 몸에 자신의 몸을 때려 박았다.

쩍. 쩌저적적!

수행원들 중 한 명의 다리가 얼어붙었다. 그리고 그것을 시작점으로 그 수행원에게 나머지 12마리의 망령이 달려들었다.

"크아아악!"

쩌저적! 쩌적!

그 수행원의 몸이 완전히 얼어붙어 모로 쓰러졌다. 그리고 쓰러진 순간 도자기처럼 깨져 나갔다.

파삭!

"……!!"

모두가 침묵했다. 그러는 사이 13마리의 망령들이 알스의 몸으로 다시금 들어간 후 튀어나왔다. 신성력에 당한 상처가 말끔히 회복된 상태로 말이다.

"어디 한 번 놀아보자고."

"……."

아그츠는 자신의 신성을 끌어올려 몸속으로 돌리기 시작했다.

신성이 몸속을 돌자 운동신경이 더욱 활성화 되고, 근육이 팽창하며 단단해졌다.

콰앙!

발을 박차고 나가 검을 휘둘렀다. 휘드르는 와중에도 검이 바르르 떨릴 만큼 신성을 강하게 주입하고서 말이다.

푸우욱!

검이 박혀들었다!

하지만 알스는 씩 웃으며 반대편 손으로 아그츠의 머리통을 후려갈겼다.

후앙!

그것을 피한 아그츠가 뒤로 물러났다. 폐부를 찌른 검이니 효과가 있을 것이라는 생각과 신성에 당한 알스의 상처가 조금씩 아물어가는 것에 복잡한 표정을 지으면서 말이다.

"쉽지 않겠군."

"왜? 난 쉬울 것 같은데."

알스의 웃음이 더욱 진해졌다.

아그츠는 사람도 짐승도 아닌 것 같은 알스를 바라보며, 이를 꽉 다물었다.

쉽지 않을 것 같았다.

Chapter 10

고백했는데……

　경식 일행은 이미 목적하던 곳에 도착을 한 상태였다. 다음 영혼이 대략적으로 어디에 있는지도 알고 있는 상태다.

　하지만 그럼에도 불구하고, 경식 일행은 이곳에서 적극적인 무언가를 할 수 없었다.

　좌앙!

　경식은 제이크에게 검을 휘두르며 말을 이어 갔다.

　"이상한 일이죠. 어떻게 이렇게 기운이 딱 끊길 수가 있는지 말이에요."

　경식의 말에, 검을 받은 후 반대로 후려치며 제이크가 툴툴 댔다.

"그러게 말입니다. 이 근방에 분명 있을 텐데…… 저에게도 잡히질 않는군요!"

휙!

"오오, 저 피한 거 맞죠?"

자신의 검을 교묘하게 피한 경식에게 노림수 공격을 하며, 제이크가 씩 웃었다.

"그렇습니다!"

빠각!

"끄허어엉!"

경식은 소울이터의 무게에 짓눌려 뒤로 쭉 밀려난 후 무릎을 꿇었다.

"힘쓰는 게 어디에 있어요!"

제이크의 거력이 담긴 검격은, 검을 막는다 하더라도 그 데미지가 온몸으로 전해진다. 실지로 제이크의 검을 막고 손목이 부러지거나, 목이 잘린 적들 역시 많다고 자신 있게 말했었다.

"실전을 위해서입니다."

"아니 실전에선 당신 같은 사람이 없다니까요!"

부르르르르르!

경식이 흥분하자, 들고 있던 마검이 울음을 토해 냈다. 경식은 순간 자신의 의지와는 상관없이 손아귀에 힘이 꽉 쥐어지는 느낌을 받으며 눈을 부릅떴다.

"아아, 이게 또 말썽이네."

경식이 심호흡을 하자 울음이 잦아들었다. 경식은 한숨을 내쉬며 마검을 검집에 집어넣었다.

검 끝에 검집 입구가 닿자, 마검이 몸서리를 치듯 부르르 떨었다.

"시끄럽다. 기어오른 벌이야."

바르르르!

착!

이내 검이 조용해졌다. 마검은 아마 검집 속에 있는 솔라스의 사념과 열심히 싸우고 있을 것이 분명했다.

경식이 씩 웃으며 제이크를 째려봤다.

"그래도 좋네요. 꼼수를 쓰실 만큼 제 검술 실력이 좋아졌다는 거죠?"

"꼼수가 아니라, 더 윗수입니다! 저는 꼼수 따위 쓰지 않으니까요!"

"속임수가 꼼수지요, 뭐."

경식은 그리 말하며, 눈을 감았다.

그리고 육감의 스위치를 켜서, 주변을 탐색했다. 제이크는 꼼수라는 말에 뭐라고 하려다가 그 모습을 보고 입을 다물었다. 이내 경식이 눈을 떴다.

"어떻습니까!"

"으음. 역시 안 잡혀요."

벌써 오늘이 10번째 탐색이었다. 그럼에도 불구하고 세 번째 영혼의 기운은 탐색이 되지를 않았다.

탐색만 된다면 가서 어떻게든 할 텐데 그걸 못하는 것이었다.

그래서 탐색이 끊긴 곳에서부터 멀리 벗어나도 보았다. 특정 거리 이상 벗어나자 그제야 영혼의 기운이 다시금 느껴졌다.

그래서 달려오는데, 달려오는 순간 기감에서 영혼의 기운이 사라져 버렸다.

한 발자국 뒤로 내딛고 앞으로 내딛고의 차이가 영혼의 기운이 느껴지고 사라지고의 차이였다.

그리고 깨달았다.

이 영혼은 자신의 기척을 숨길 수 있는, 아주 은밀한 녀석이라는 사실을 말이다.

"분명 이 안에 있는데 말이죠."

분명 이 근방 3킬로미터 이내에 녀석은 존재한다. 하지만 기척을 느낄 수가 없고, 그렇다고 직접 찾아 나서자니 3킬로미터 근방의 모든 것을 뒤져야 하는데 그것은 거의 불가능한 일이었다.

때문에 경식 일행은 여관 하나를 잡고, 그곳에서 일주일 동안 머무르며 경식의 소울 에너지와 검술 연마에 집중하고 있는 것이었다.

[그래도 덕분에 검술 많이 늘었잖아?]

구미호가 3개의 꼬리를 살랑거리며 살갑게 말했다.

그러자 경식이 씩 웃으며, 검집과 마검을 쓰다듬었다.

"응. 이 녀석이 광기에만 사로잡히지 않으면, 정말 좋은 명검인데 말이야."

─검은 명검이라네. 자네가 달인이 아닌 게지. 헐헐헐! 왕년에 나도 그런 적이 있었네! 그러니 자네도 어서 이겨 내고 활검의 경지에 들게나. 그렇게 된다면 정말 살생을 하지 않아도 될 테니 말일세!

"흐음. 그래야죠. 그래야지요."

경식이 싱긋 웃으며 곁눈질로 제이크를 바라봤다. 제이크는 소울이터를 집어넣으려 하고 있었다.

"……!"

경식이 빠르게 마검을 뽑았다. 그의 몸에선 보랏빛 아지랑이가 뿜어져 나왔고, 그것이 빠르게 마검으로 유입되며 마검의 검신이 보랏빛으로 물들었다.

기습!

하지만 제이크는 기다렸다는 듯 이를 드러내며, 검을 반쯤 집어넣었던 그대로 마검에 갖다 대었다.

그의 검인 소울이터의 검신은 이미 찬연한 갈색으로 물들어 있었다.

두 검이 마주쳤다.

파앙!

경식이 파공음과 함께 뒤로 날아가며 울타리에 부딪쳤다. 콰작! 하는 소리와 함께 경식이 아닌 울타리가 박살이 났다.

마치 철구에라도 부딪친 듯하다.

"후우! 쉽지 않네요."

경식이 자리를 털고 일어났다. 그의 몸엔 회색 소울아머가 둘러져 있었고, 이미 눈동자 역시 회색이었다.

자신의 소울 에너지를 사용하다가 회색 바람을 강령시킨 후 제대로 활성화 시킬 때까지 거의 1초도 채 걸리지 않았다.

"태세전환이 정말 훌륭하십니다!"

"언제나 방심하지 않는 제이크가 더 대단해요."

"크흑. 칭찬을 받다니! 좋습니다!"

"뭐 좋다니 다행이구요~"

"저는. 저는 안 다행입니다!"

그때, 옆에서 끙끙 앓던 누군가가 다가와 눈물을 흘릴 것 같은 표정을 지었다.

바로 여관 주인이다.

"아니! 기물파손이 말이나 됩니까!"

"금화를 드리겠습니다."

"앞으로도 열심히 기물파손을 해 주십시오."

경식이 정중하게 금화를 건네자 끙끙 앓던 여관 주인의 표정이 아주 차분하고 정중해졌다.

금화를 받은 주인이 돌아가자, 경식이 신기하다는 표정을 지으며 말했다.

"저보다 태세전환이 훨씬 더 빠른 사람이 저기에 있네요."

"으음! 확실히 재능이로군요!"

"확실히 재능이죠. 일주일 밖에 지나지 않았는데 내 집처럼 편하네요. 이런 여관을 찾아서 다행이랄까요?"

"밥도 맛있고 말입니다!"

"그렇죠. 식사가 참 맛있어요!"

그렇게 말하자, 창문 바깥에서 경식과 제이크를 보고 있던 슈아가 한마디 거들었다.

"그게 다 리샤의 솜씨지."

리샤.

여관 주인의 딸이자 슈아와는 한 살 터울의 동생쯤 되는 여자아이였다. 주근깨가 귀여운 갈색 머리의, 소녀와 처녀의 중간쯤 되는 아이였다.

그리고 때마침 고운 목소리가 들려 왔다.

"식사 하세요!"

식사 시간이 되어서, 여관 안의 사람들에게 식사를 하라고 알리고 있는 것이었다.

경식 일행도 그 소리를 듣고 1층 식당으로 향했다. 그곳엔 이미 일어난 손님들이 밥을 먹고 있었다.

오늘의 메뉴는 고기스튜에 흰 빵. 그리고 싱싱한 야채가 곁들여진 샐러드였다.

리샤가 경식 일행의 테이블로 다가와 수줍게 음식을 내려놓았다.

"오늘은 특별히 맛있을 거예요, 오빠."

"오, 오빠? 응…… 오빠지, 내가."

경식의 얼굴이 약간 붉어졌다. 리샤에게 반해 있는 게 아니라, 리샤의 몸이 혈기왕성한 남자를 자극하기 때문이었다.

리샤는, 착한 마음씨를 3정도 곱한 만큼의 가슴을 가지고 있었던 것이다!

'게다가 목까지 잠근 셔츠임에도 불구하고 가릴 수 없다는 게 더욱 자극적이야!'

경식이 얼굴을 붉히는 이유였다.

그리고 그것을 본 슈아와 구미호가 동시에 경식을 째려 봤다.

"뭘 그리 얼굴을 붉혀?"

[아주 그냥 좋지? 눈이 아주 돌아가지? 미성년자 가슴에 마음이 흔들리면 쓰냐! 철컹철컹 하는 소리가 들리는데! 아청법이 버젓이 살아 있는데!]

둘은 서로를 보지도 못하는데, 경식을 디스할 때는 마치 입을 맞춘 것처럼 동시에 들이대고 있다. 게다가 따지고 보면 경식 역시 미성년자이고, 더욱이 아청법 같은 건 이 세상에 없으니 상관도 없다.

따지려면 따지지 못할 것도 없었다.

하지만 대답을 누구에게 먼저 해야 하나 머뭇거리는 순간, 반박을 할 타이밍을 놓치고 말싸움에서 지게 된다.

"흥!"

[말도 못하긴. 변태, 변태.]

"……젠장."

경식은 한숨을 내쉬고 있는데, 그러는 모습이 뭐가 그리 좋은지 리샤가 풋풋하게 웃으며 말한다.

"그럼 맛있게 드세요, 모두들. 그리고 오빠."

그렇게 말하며 리샤는 경식에게 웃음을 지어 보였다.

생각해 보면 윙크를 한 것 같기도 하다.

그렇게 경식의 얼굴이 빨개지고 있을 때, 리샤는 다른 테이블로 가서 음식을 나르고 있었다.

여기저기서 소문 같은 것들이 단편적으로 들려 왔다.

"요즘 이곳에 인신매매가 한창이라지. 자네 딸내미도 조심하게. 딱 자네 딸내미만한 여자애들만 골라서 잡아간다더구먼."

"무슨 소린가? 내 딸내미 자정 넘어서도 돌아다니는 거 모르나? 일이 일이다 보니 새벽에도 물건이 필요할 때면 심부름을 시키는데, 그런 일 전혀 없네. 걱정 말게."

"흐잉. 예쁘장한데 이상하구먼?"

"그 소리 지금 내가 기분 좋게 들어도 되는가?"

"어이쿠! 미안하네. 내 이상한 생각해서 한 말이 아니야."

인신매매 소문에서부터 어느 가게가 술이 맛있다는 둥, 어느 집이 망하고 어떤 집에서 살인이 났다는 둥 하는 이야기들이 경식 일행의 귓가로 흘러들어왔다가 사라지기를 반복한다.

그러는 와중에 머리가 발랑 까진 용병 셋이 우르르 몰려 있는 겨드랑이 냄새나는 테이블이었다.

그곳에 리샤가 음식을 놓고 있는데, 머리가 발랑 까진 용병이 씩 웃으며 리샤의 엉덩이를 거세게 때렸다.

짜악!

"꺄아악!"

"큭큭큭큭! 엉덩이가 튼실한 게, 밤일 할 때 찰박찰박 소리가 찰지게 들리겠어?"

"왜, 왜이러세요오."

"뭘 왜이래? 발랑 까진 년이 젖탱이만 커가지고 남자 홀리고 있는 거잖아! 나 같은 상남자 말이야. 상남자!"

"꺄악!"

"......!"

리샤는 비명을 질렀고 주변 공기는 얼어붙었다. 경식은 이게 소설 속에서만 보아 왔던 전형적인 여관 풍경임을 자각하곤 도와줘야 할 사람이 필요하다 느꼈다. 그리고 그 사람은 지금 두 여인(?)에게 스트레스를 받고 있는 자신이 되어야 한다 생각하며 자리에서 벌떡 일어났다.

그리고 호기롭게 소리쳤다.

"이게 무슨,"

"짓이야. 이 변태 새끼들아."

경식의 말을 누군가가 교묘히 이어 말하며 자리에서 일어났다.

그곳엔 꽤나 낯익은 여인이 삐딱하게 서서 용병을 노려보고 있었다. 용병은 고개를 들어 여인을 보았고, 여인의 터질 듯한 가슴과 엉덩이에 침을 흘리며 리샤를 밀친 후 앞으로 나아갔다.

"헐헐. 여기 요사스러운 년이 또 하나 있네. 이 상남자에게 반했나? 오늘 대낮부터 침대에서 때 아닌 천국 한 번 가 볼

테야?"

그 말에, 금발에 은안을 가진 낯익은 여자. 란시아는 피식 웃으며 고개를 끄덕였다.

"거친 혓바닥은 약간 내 취향인데, 대머리는 내 취향이 아니야. 가슴도 너무 커. 무식해. 최종적으로 못생겼어."

"뭐, 뭣!"

"게다가……."

"이년이!"

자신을 품평하는 듯한 란시아의 발언에 발끈한 용병이 주먹을 휘둘렀고, 란시아는 휘두른 팔에 재빨리 단검을 교묘한 각도로 갖다 대었다.

용병의 팔뚝 가죽이 사과 껍질 깎여져 나가듯 얇게 주우욱 깎여 나갔다.

마치 손목에서부터 팔꿈치까지 일직선으로 대패질을 한 듯하다.

"끄아아아아아아악!"

으으으으!

그것을 보던 사람들도 신음을 토해 내며 몸서리 쳤다. 막말로 칼에 질리는 것보다 생가죽이 벗겨지는 것이 더욱 고통스러울 것이 분명했다.

란시아는 싱글싱글 웃으며 말을 이어 갔다.

"깎여나간 부분 끝은 안 잘랐으니까, 이어붙이고 붕대로 묶어 두면 아물지도 몰라."

"으으으!"

"그러길래 여자를 왜 건드려? 매력 없게."

파앙!

이어지는 돌려차기에 용병의 의식이 끊어졌다.

동료들이 란시아를 노려보며 그 용병을 업고 자신의 방으로 사라져 버렸다.

"흐응. 괜찮니?"

그 말에, 리샤가 울먹이며 고개를 끄덕였다.

란시아가 그런 라샤의 머리를 쓰다듬으며 타이르듯 말했다.

"가슴 큰 것도 죄가 된단다. 우린 죄 많은 여인이지. 그렇지 않니, 청렴결백한 여인 씨?"

그리 말하며 슈아를 바라본다.

모두가 슈아를 바라봤다.

그리고 모두의 시선이 슈아의 가슴 쪽으로 향하자, 슈아가 소스라치게 놀라며 자신의 가슴을 가리곤 경식을 노려봤다.

"뭘 봐!"

"으, 응? 내가? 너를? 왜?"

"그럼 좀 봐!"

"으, 웅?"

"흥!"

"네가 동네북이로구나. 여전히. 호호호홋."

란시아가 경식 일행의 자리로 다가와 앉았다.

"여기서 보게 되네. 무슨 일이니?"

반갑다는 식으로 싱글벙글 웃는 란시아를 바라보며, 경식 역시 피식 웃었다.

"그러게요. 저희도 되게 반가워요."

"나는 안 반가워!"

슈아가 소리쳤다.

제이크 역시 란시아에게 좋은 감정은 없는 터라 뚱한 표정이다. 하긴, 란시아는 경식을 납치했던 이력이 있었다. 구미호 역시 마찬가지다. 란시아의 엉덩이를 불태운 전적이 있을 정도로 란시아를 마음에 들어 하지 않는다.

―헐헐헐! 가슴 큰 처자를 또 보는군. 같은 여관이라고? 나중에 몰래 가서 목욕하는 걸 훔쳐봐야겠어! 왕년에 자주 하던 짓이지. 헐헐헐헐!

왕년 노인만 좋다고 헬렐레 거리고 있었다. 그것을 알 리 없는 란시아는 경식 이외에 자신을 반기지 않는 슈아와 제이크를 보며 어깨를 으쓱였다.

"그러니까 가슴이 작지."

"……이봐요!"

"그리고 제이크! 당신 같은 통 큰 사람이 그런 것 갖고 이럴 거예요? 근성과 의리로 똘똘 뭉친 사람이, 덤컨 남작 때같이 싸운 의리를 저버리는 거예요?"

"흐음! 하지만 넌 주인님을 납치한 이력이 있다!"

"그렇다네. 역시 둘과는 친해질 수 없나 봐."

어쨌든 란시아와 경식 일행은 많은 이야기를 나누었다. 경식은 이곳에서 무엇을 찾기 위해 머물고 있다고 설명했고, 똑같은 질문을 되물어보았다.

"이곳엔 무슨 일이세요?"

그 말에, 란시아가 잠시 생각해 보더니 윙크를 했다.

"비밀. 그냥 의뢰 하나를 받고 움직이는 중이야. 극비야, 극비."

"그렇군요."

"나중에 또 봐. 만날 일이 또 있겠지~"

란시아는 경식 일행과 이런저런 이야기를 나누다가 자신의 방으로 홀연히 사라졌다.

경식이 웃으며 란시아의 뒷모습에 손을 흔들자, 또다시 이중 디스가 그의 귓가를 때렸다.

"좋아? 가슴 크면 다 좋지?"

[아주 그냥 저번에도 칠렐레 하더니 지금은 팔렐레 하고

있네. 좋냐? 좋아? 응?]

"젠장."

경식은 욕지거리를 내뱉으며 자리에서 일어났다. 화장실을 가려는 생각에서였다.

그런데 그때, 그것을 지켜보고 있던 리샤가 경식에게 다가왔다.

"저, 저기 오빠."

"응? 아아! 아까는 많이 놀랐지?"

그 말에, 리샤가 얼굴이 화끈 달아올라서는 고개를 회회 저었다.

"자주 있는 일인걸요…… 그래도 위험한 순간이긴 했어요."

"그렇지. 그 누나가 없었으면 큰일 날 뻔했어."

"오빠가 나서려던 거, 다 알아요."

"응? 알았구나?"

엉덩이가 만져지는 와중에도 꽤 유심히 지켜보고 있던 모양이다.

"네에. 고, 고마워요……."

"뭐 고마울 것까지야. 하하하."

경식이 머리를 긁적이며 웃었다. 리샤도 풋풋하게 웃었다.

그러더니 조금 머뭇머뭇 하다가 경식에게 손을 내밀었다.

"응?"

수줍게 건넨 무언가를 경식이 자신의 손바닥에 놓은 순간, 리샤는 뭐가 그리 부끄러운지 후다닥 도망치듯 주방으로 들어가 버렸다.

"뭐지?"

경식은 머리를 긁적였다. 경식 역시 화장실로 들어가 일을 보고, 일행들과 함께 방으로 올라갔다.

큰 방에서, 서로의 일과를 보내는 평화로운 나날이 시작되려 하고 있었다.

*   *   *

쿠토 오빠. 안녕하세요? 저 리샤예요.

편지의 첫 문구는 그렇게 쓰여 있었다.

"헛. 이것이 말로만 듣던 연애……?"

연애편지라고 말을 하려던 경식이 주변을 둘러봤다. 모두들 자신의 일에 집중하고 있었다. 제이크는 자신의 애병기인 소울이터를 닦고 있었고, 슈아는 책을 펴들고 복잡한 마법술식을 풀어나가고 있었다. 구미호는 왕년 노인과 이런저런 이야기를 하고 있었고, 경식은 혼자였다.

경식은 입을 다물고, 계속 읽어나갔다.

오빠를 본 건 얼마 안 됐죠. 일주일…… 되었나? 그런데 일주일 동안 저는 한숨도 못 잤답니다. 제 가슴이 터져 버릴 것만 같아서…….

'그, 그건 큰일이군.'

이러는 거 발랑 까진 여자애로 보일지 모르지만, 제 마음을 전하지 않으면 미칠 것 같아서 이렇게 글로…… 남겨요. 괜찮으시다면 저녁 10시에…… 근처 광장으로 나와 주시겠어요? 오빠에게 해야 할 말이 있어요. 부디 나와 주셨으면 좋겠어요.

[어머머. 애 좀 보게.]

"무, 무슨!"

경식이 깜짝 놀라며 뒤를 돌아봤다. 그곳엔 구미호가 눈을 게슴츠레하게 뜨고서 경식의 코를 주시하고 있었다.

[콧구멍이 그냥 벌렁벌렁 거리는데?]

"아, 아닙니요!"

[말을 더듬는데?]

"그, 그것이……."

[연애편지라~ 와아~ 좋을 때인걸?]

그 말에 눈을 부릅뜬 두 남자가 있었으니, 바로 왕년 노인과 제이크였다.

"어떤 계집애가 감히 대 에리오르슈 가문의 적자에게 연애편지를!"

―헐헐헐헐! 그 리샤라는 꼬맹이 맞는가? 헐헐! 나도 왕년에 그런 거 많이 받아봐서 아는데, 좋게 잘 타이르게!

"아니 뭐야 왜 이렇게 개떼처럼 달려들어요!"

경식이 벌떡 일어나 뒤로 물러섰다. 무료해진 일상에 소재거리 하나가 생기자 득달같이 달려들어 물어뜯는다.

"혼자 검술 연습이나 할 거예요! 따라오지 마세요!"

경식은 질리겠다는 표정을 지으며 방문으로 향했다. 그러자 방문 쪽에 있던 슈아가 나지막이 읊조렸다.

"있다가 만나서 좋게 타일러."

"……?"

"10시 광장이지?"

"그, 그걸 어떻게?"

"나한테 물어보더라고. 오라버니랑 무슨 사이인지."

"……."

"상처주지 말구. 혹시 좋다고 잡아먹는 건 아니지?"

"무, 무슨 말이야 그게!"

경식은 펄쩍 뛰었지만, 그 펄쩍 뛰는 모습이 더 수상하다
는 듯 슈아는 콧방귀를 뀌었다.

"하긴. 그렇게 행동력이 빠른 타입은 아니지, 오라버니가."

"그거랑 전혀 상관없는 이야기거든!"

경식은 그렇게 말하며 방을 나섰다. 그러고는 여관의 앞뜰
로 걸어 나갔다. 그러는 중에 테이블을 행주로 닦고 있던 리
샤와 눈이 마주쳤다.

"핫······."

"헛."

둘은 서로 눈을 피했다.

경식은 머리를 긁적이며 연무장으로 나갔고, 마검을 뽑아
들었다. 검 집에서 뽑히자마자 마검이 사념으로 경식의 뇌를
콕콕 찔러 왔다. 귀여운 수준이었다. 나름 마검 식으로 경식
에게 인사를 하는 그런 정도의 수준이지만, 때가 나빴다.

경식은 소울 에너지를 일으켜 마검에 주입했다. 이제 기운
을 뽑어내는 것은 상당히 익숙한 일이 되어 버렸다. 그리고
마검의 임계점까지 기운을 주입하여 마검의 몸을 아프게(?)
하는 것도 가능했다.

파르르르!

"짜식이 말이야. 기어오르고."

아프다는 듯 파르르 떠는 마검을 충분히 괴롭혀(?) 준 경

식이 검을 휘두르기 시작했다. 허공을 가르는 기류가 신명나
게 들렸다.

"검 꽤 휘두를 줄 아는데?"

옆에서 누군가가 보고 있었나 보다. 이 낯익은 목소리는
란시아였다.

경식이 인사를 하려고 검을 멈추자, 란시아는 인사를 기다
리는 대신 단검 두 개를 들고 경식에게 달려들었다.

예전 같았으면 당황했겠지만, 경식은 침착하게 검을 휘둘
렀다.

차칵! 차칵차칵!

"......?"

란시아가 눈살을 찌푸리며 뒤로 물러났다. 그녀의 단검은
반쯤 끊어진 채였다. 세게 때리면 끊어질 것 같다.

"뭐야 저 검 왜 이렇게 잘 드니?"

그 말에, 경식은 머리를 긁적이며 어깨를 으쓱였다.

"마검이라서 그래요."

"이름이 마검이야? 명검도 아니고?"

란시아는 그런 말을 하면서 마검으로 손을 가져갔다.

경식이 뒤로 물러나며 말했다.

"음…… 아주 악독한 놈입니다. 다른 사람 손에 가면 큰일
나요."

"에? 그래? 어…… 근데 내가 손을 뻗고 있었나 봐?"

그녀 역시 놀라서 뒤로 물러났다. 무심결에. 무의식중에. 마치 숨을 쉬듯 손을 뻗고 있었던 것이다.

"보세요. 이 녀석, 마검이에요."

"마검이라기보단 요검이 맞겠네. 아무튼 그 검이 되게 잘 드는 모양이야. 사람 목 정도는 손쉽게 따겠는데?"

"……그런 말씀 마세요. 무섭잖아요."

경식의 말에 란시아가 빙긋 웃었다.

"뭐가 무서워. 좋은 거지."

"사람 안 죽일 겁니다."

"그럼 목검을 들지 왜 검을 들었어?"

"음 그것은……."

"대답 바라고 한 말 아니야. 목검 쓰면 진검에 부딪쳐서 끊어지니까."

'호오. 그런 변명거리가.'

사실 검이 멋있어서였는데, 그럴싸한 변명거리가 생겨서 경식은 이득을 보았다.

"그런데, 보아하니 검의 도움을 받아서 그렇게 자세가 좋나? 한 10년은 검을 쥔 사람 같은데?"

"네 아마 그럴 거예요. 그런데 검이 저를 움직인다는 느낌보다는, 제가 검의 정보를 읽어서 움직인다고 해야 하나? 그렇습니다."

"흐음…… 그래?"

란시아는 눈을 게슴츠레하게 뜬 후, 곰곰이 생각하더니 말을 이어 갔다.

"그럼 목검 하나 줄 테니까, 다시 대련 한 번 해 보자. 내가 아티팩트를 많이 다뤄봐서 아는데, 그렇게 해야 네 실력이 늘 거야."

"그럴 수도 있겠네요?"

란시아는 주변을 둘러보더니, 벽에 메여 있는 낡은 목검 하나를 찾았다. 용병들이나 기사들이 주로 묵는 여관이다 보니, 목검 한 두 개쯤 구비되어 있는 것이다.

목검을 든 경식이 인상을 찌푸렸다.

"무게가 참 별로네요."

"검 한 10년 잡아본 것처럼 말하네?"

"그러게요. 저도 참 신기하네요."

경식이 피식 웃으며 맞는 말이라 생각했다. 마검을 쥐고서 한 달 남짓의 시간을 보내며 마검이 가지고 있는 경험치를 경식이 그대로 이어받은 것이다.

한 달 만에, 마치 10년은 검을 휘둘러본 사람처럼 말하고 생각할 정도로 말이다.

경식은 놀라워하며, 목검을 고쳐 쥐고 란시아를 보았다.

란시아 역시 단검을 버리고 자신의 검을 들어 올려 경식과 맞섰다.

경식이 목검을 휘둘러 란시아와 맞섰다.

탁! 탁탁! 서걱!

"……."

"잘 잘리지? 다음엔 더 잘 해 봐."

경식은 총 3개의 검을 끊어먹고, 먹이를 노리듯 기다리고 있던 여관주인의 성화에 금화를 쥐어 주어 다시금 얌전하게 만들었다.

"은화를 쥐어줄 걸 그랬나."

금화 많다고 너무 남발하는 것 같은 기분이 든다.

란시아가 싱긋 웃으며 어깨를 으쓱인다.

"마검을 들 때보다는 아니지만, 그래도 능숙하게 검을 다루네. 계속 쥐고 있으면 실력이 늘 거야. 그래도 마검만 들지 말고, 목검을 들어서 연습을 해. 그래야 마검이 없을 때도 상황에 맞게 대처를 하지."

"고마워요. 정말 그렇겠네요."

란시아가 싱긋 웃으며 하늘을 바라봤다. 벌써 시간이 흘러 어둑어둑해져 있었다.

"벌써 밤이 깊었네~ 한 9시 정도 되려나?"

"정말 그러네요."

경식이 땀을 닦으며 그리 말하자, 란시아의 눈이 게슴츠레
하게 변했다.

"어서 가 봐."

"뭐가요?"

"10시까지잖아?"

"……?"

"벌써 소문 다 났어."

"……."

"호호호호호호! 예쁘장한 남자는 어린 여자들한테 인기가
많다더라~"

그리 말하며 사라지는 란시아를 바라보며, 경식이 한숨을
푹 내쉬었다.

"가, 가 봐야지."

경식이 광장 쪽으로 발걸음을 옮겼다.

왜인지 모르게 가슴이 뛰었다.

Chapter 11
처녀 납치범

"음. 너무 빨리 왔나."

광장에 매달려 있는 시계를 보니, 9시 50분을 가리키고 있었다. 10분 정도 일찍 나온 것이다.

"좀 기다리지 뭐."

10시 즈음 되자, 마법으로 만들어진 랜턴 들이 여기저기 켜졌다. 대한민국에 가로등이 있다면, 이곳엔 마법 랜턴이 있는 느낌이랄까?

"주변에 아무도 없네."

꽤나 한적했다. 하긴, 시간이 시간이니까. 지구만 해도 한국이나 10시 이후에도 휘황찬란한 네온사인에 휩싸여 있지,

외국에 가면 8시부턴 사람이 다니질 않는다. 치안이 그다지 잘 되어 있는 곳이 아니다 보니 더욱 그런 듯하다.

"여기도 비슷하겠…… 잠깐. 그런데 왜 10시에 보자고 그랬지?"

하긴 일을 모두 끝마쳐야 할 테니 9시 이후여야겠고, 그래서 10시쯤 보자고 한 것 같았다.

"뭐 광장이랑 여관이 가까우니 위험하진 않으려나."

경식은 그런 생각을 하며 광장 분수대에 앉아 하늘을 바라봤다. 대한민국과 가장 큰 차이라면, 정말 별이 쏟아질 것처럼 많다는 것이다.

"북두칠성 같은 건 없네."

당연하지만 별자리가 다른 모양이다.

경식은 이런저런 생각을 하고 있는데, 옆에서 보고 있던 구미호가 그런 경식에게 다가왔다.

[뭐야. 바람 맞은 거야?]

그 말에, 경식이 한숨을 푹 내쉬었다.

"내가 있는 듯 없는 듯 있으라고 그랬지!"

"이런 재미있는 상황에 어떻게 가만히 있겠어?"

그런 말을 하며 슈아가 앞으로 걸어 나왔다. 그녀의 뒤에는 제이크도 함께였다.

"슈아를 호위하느라 어쩔 수 없었습니다!"

"마음에도 없는 소리 하지 마요! 구경하느라 따라 온 거잖아!"

―헐헐. 그런데 구경도 못하겠구먼. 벌써 30분이 자났는데 말일세? 아직 안 오는 건 바람을 맞은 거라네.

"……어디에 숨었다가 이렇게 하나둘 나왔데요?"

경식은 머리를 긁적이며 생각했다.

아, 정말 바람을 맞은 건가?

"뭔가 억울한데."

결국 경식은 11시까지 리샤를 기다리고는, 일행들의 놀림소리에 발맞춰 여관으로 돌아왔다.

그러고는 당장에 여관주인을 찾았다.

"리샤 지금 어디에 있습니까!"

억울함과 울분이 마구 뒤섞인 경식의 말에, 여관주인은 다급함과 걱정. 그리고 슬픔이 섞인 목소리로 대답했다.

"저도 그걸 알고 싶습니다!"

알고 보니, 리샤는 2시간도 전에 바깥으로 나간다고 했다가 지금까지 들어오지 않고 있다는 것이었다.

11시가 넘도록 들어오지 않는 딸.

뭐, 한국에선 아주 흔한 딸이지만, 이곳에선 그리 흔한 딸이 아니었다. 한국으로 치자면 새벽 4시까지 연락 한 번 없는 느낌이랄까? 부모의 애간장이 타들어 갈 만 했다.

거기까지 들은 경식은 치밀어 오르던 울화가 전부 걱정과 근심으로 바뀌는 것을 느꼈다.

도대체 무슨 일이 있었던 것일까?

경식 일행은 걱정이 되는 마음으로 리샤를 찾아 다녔다. 리샤와 친분이 있는 여관집 단골들 역시, 리샤를 찾기 위해 도심을 샅샅이 뒤졌다.

그리고 새벽 4시에 나온 결론.

그것은 다름 아닌 납치였다.

"허이구. 요즘 항간에 떠돌아다니는 소문이 사실이었어."

망연자실한 여관주인에게 위로를 한답시고 누군가가 요즘 떠도는 소문을 말했다.

리샤와 같은 젊은 처자들이 하나둘씩 사라지고 있다는 것이다.

그 말에 여관 주인이 불같이 화를 냈다.

"그럼 내 딸이 납치를 당했다는 것이야!"

"지, 진정하게. 하지만 그게 가장 확률이 높아!"

"그러면 어찌하란 말인가! 제발 아니라고 말을 해 주게. 제발!"

사실 그렇게 말하면서도 여관 주인 역시 그쪽으로 생각이 굳고 있었다.

"아이고. 내 딸이 어떻게…… 아이고오오."

여관 주인이 주저앉아 아이처럼 엉엉 울기 시작했다.

그것을 보는 경식의 마음은 저며지듯 아파 왔다.

'나 때문이야.'

경식은 이를 악물었다. 경식이 의도한 바는 아니지만, 어찌 되었건 10시에 자신을 보러 광장에 리샤가 나오려 여관을 나섰고, 때문에 이렇게 납치를 당한 것이다.

말 없는 경식에게 여관주인이 기어오듯 다가와 멱살을 잡았다. 이미 경식을 만나려고 리샤가 나간 것을 들었기 때문이다.

"이이익! 이이이이이이이익!"

"……."

욕이라도 하면 좋으련만, 경식과 제이크의 무력을 아는 여관주인은 그러지도 못했다. 이미 뼛속까지 하층민의 삶을 살고 있는지라, 그 행동이 불러일으킬 결과를 예측할 수 있었기 때문이다.

그는 눈물을 흘리며 다시금 무릎을 꿇었다.

그리고 품 안에 쟁여 놓은 돈들을 꺼내 경식 일행에게 내밀었다.

총 금화 25닢.

경식 일행에게 받았던 금화보다 많은 액수였다.

"제발 부탁드립니다. 제 딸을 찾아주세요. 딸 시집보낼 때

쓰려고 모아 놓은 겁니다."

"……."

"없는 살림이지만 금지옥엽처럼 키운 아이입니다. 제발 불쌍히 여겨 주시고…… 제발 좀 찾아주세요…… 당신들이라면 그럴 수 있지 않습니까……."

경식은 마음이 찢어지는 것 같았다. 여관 주인이 그렇게 말을 하지 않아도 경식은 어떻게든 찾으려고 했었다. 이곳에 온 목적은 영혼을 회수하려는 목적이었지만, 그 목적을 미뤄두고 리샤부터 찾아야겠다고 생각하던 차였다.

경식은 여관 주인의 손을 꼬옥 잡고 고개를 끄덕였다.

"어떻게든 찾겠습니다. 그러니 너무 염려 마세요."

그 말을 기다렸다는 듯 제이크가 눈을 결의로써 부릅떴다.

"과연! 으리의 주인님이십니다!"

"잘 생각했어. 오라버니가 책임 져야 되는 부분이기도 하고. 너무…… 걱정 돼."

슈아 역시 거들었다.

구미호와 왕년 노인 역시 당연하다는 듯 수긍했다.

[영혼을 찾는 것도 중요하지만, 어린 소녀가 납치됐는데 어떻게든 구해내야지!]

—헐헐! 아주 좋은 일 하는 걸세. 그래, 이참에 납치당했다는 다른 여인들도 찾아 보세나!

"그럽시다! 리샤부터 어떻게든!"

"꼭 좀 부탁합니다!"

"리샤의 팬으로서 나도 잘 부탁하네!"

"나도!"

"나도 잘 부탁하네!"

여기저기서 경식 일행을 응원하는 목소리가 높아졌다. 안타깝지만 어떤 말도 해 줄 수 없는 상황에서 경식 일행이 나선다고 하니, 일단 응원부터 하고 보는 것이다. 이렇게라도 해야 여관 주인의 마음이 나아질 것 같았다.

하지만 이런 분위기에 고운 목소리가 찬물을 끼얹었다.

"아니 방법도 모르면서 어떻게 찾으려고?"

"......"

맞는 말이었다.

사실 그렇게 어설픈 납치범이었으면, 벌써 잡혔을 것이다. 신출귀몰하니까 리샤가 납치를 당할 때까지 납치범이 활동을 하고 있는 것이었다.

경식이 목소리가 들린 곳을 보았다.

그곳엔 한 여인이 빙긋 웃으며 손을 흔들고 있었다.

란시아였다.

"꼭 이런 상황에서 그런 말을 해야 합니까?"

"난 지금 상황을 낙관적으로 보려는 당신들한테 찬물을

끼얹은 거야. 뭐, 쿠드 네가 나선다고 될 일이니?"

"그럼 제가 안 나서면 되는 일입니까?"

"뭐, 네가 나서면 좀 더 도움은 되겠지?"

"그런데 왜 초치세요? 지금 여관 주인님 얼굴 안 보이세요? 당신이 그러고도 사람입니까!"

경식이 그리 말하자, 란시아가 어깨를 으쓱였다.

여관 주인이 울먹거리는 표정으로 란시아를 바라보며 말했다.

"저희 딸은 죄가 없어요! 그러니 당연하지만 이런 일도 당하지 않아야 된다고요! 왜 나한테 이런 일이, 리샤한테 왜 이런 일이!"

여관주인은 자신이 무슨 말을 하는지도 모르고 계속 내뱉었다. 이미 패닉 상태에 빠진 것이다.

"내가 얼마나 리샤를 열심히 키웠는데! 여관주인 딸이라고 무시 받지 않게끔! 혹시나 어떤 놈팡이가 추파를 던지면 내가 얼마나 열심히 막아 왔는데! 일전에 그 용병 새끼도 내가 식칼 들고 뒤에서 찌르려고 했는데 당신들이 막았어! 물론 고마워. 하지만 난 정말 최선을 다해 리샤를 지켰다고! 그런데 쿠드 당신이! 당신이 뭔데 당신 때문에 리샤가!"

그리고 여관주인의 패닉을 란시아가 잠재워 주었다.

"그렇게 지킨 게 죄예요. 아주 큰 죄야."

"……무엇이!"

"요즘 나이 15살 넘으면 슬슬 결혼 할 나이인데, 지금까지 숫처녀로 놔뒀다는 게 말이나 돼? 애도 즐긴 건 즐겨야지."

"아니 그건 또 무슨 말이에요?"

경식이 어이가 없어서 따지고 들었는데, 그 말에 란시아가 싱긋 윙크를 하며 말했다.

"처녀라서 잡혀간 거야."

"……?"

"걔네들 처녀만 잡아가거든."

"……."

그 이야기를 듣고 있던 사람들의 정신이 대략 멍해졌다.

란시아는 한숨을 푹 내쉬며 말을 이어 갔다.

"멘스를 하기 시작한 처녀. 걔네들이 잡아가는 게 그런 녀석들이야."

"자, 잠깐만……."

고개를 마구 저어 겨우 정신을 차린 경식이 란시아에게 다가와 말했다.

"납치범들에 대해서 알아요?"

그 말에, 란시아가 눈웃음으로 대답했다.

"글쎄. 알까, 모를까?"

"……."

"날 따라와. 여기 이목이 너무 많다. 여관주인도 따라와요. 당신 딸이잖아?"

란시아가 폴짝 일어나 2층으로 올라갔고, 경식 일행과 여관주인 역시 그녀를 따라 란시아가 머무는 방으로 갔다.

＊　　＊　　＊

시종일관 장난기 가득하던 란시아의 표정이 차가워졌다.

"내가 말했지? 극비 임무를 수행 중이라고."

란시아는 자신이 맡은 임무를 말하기 앞서, 경식 일행에게 다짐을 받아내었다.

"미안한데, 극비다 보니 다들 비밀을 지켜 줘야겠어. 그러니 약속해. 말하지 않기로. 그리고 이야기를 들으면, 나와 함께 움직이기로. 하지만 돈은 내가 다 갖기로."

"그건 싫어요!"

경식이 아니라 듣고 있던 슈아가 한 말이었다.

란시아는 뜨억한 표정을 지으며 그녀를 바라봤다. 경식도 아니고, 듣고 있던 조신해 보이는 슈아가 그런 말을 할 줄이야?

"너 돈 귀신이니?"

"돈은 누구 앞에서나 평등해요. 도박과 함께 모두에게

평등해요."

"뭐?"

"그러니까 평등하게 나눠야 된다는 거죠."

그 말에 란시아가 픽 웃으며 경식을 바라봤다.

"그렇다는데? 나는 동의하지 못하니까, 너희 나가."

그 말에 제이크가 눈을 부라렸다.

"말하지 않으면 혀를 자르겠다."

"어머. 무섭네 이 아저씨?"

란시아가 빙글빙글 웃으며 경식을 바라봤다.

모든 결정권은 경식에게 있다는 걸 익히 알고 있는 그녀였기에 가능한 행동이었다.

"쿠, 쿠드님……."

듣고 있던 여관주인이 간절한 표정으로 경식을 바라봤다.

"이러려고 아저씨 데려온 거군요?"

"그렇다면?"

경식은 한숨을 푹 내쉬며 말했다.

"솔직히 말해서, 제가 돈을 드리고서라도 끼고 싶은 심정이었어요. 굳이 이런 식이 아니어도 돼요. 도움이 될 수 있게 이야기 좀 들려주세요."

"내가 이래서 꼬맹이가 마음에 들어."

란시아는 흔쾌히 고개를 끄덕이며 이야기를 시작했다.

"나는, 이 근처에 사는 퀘사디 공작에게서 의뢰를 받았어."

이곳은 제국의 수도이다. 그리고 이곳엔 많은 귀족들이 산다. 영토가 없는 귀족들이라고 하지만 모두들 어느 정도의 무력이 있고, 권한을 행사한다.

그리고 요즈음 처녀 납치가 횡행하는 이곳은 다름 아닌 퀘사디 공작령의 영역이었다.

자신들의 영역에서 자신들의 치안 능력으로는 어찌할 수 없는 납치범이 활동하고 있다는 것을 지체 높은 퀘사디 공작령에선 좌시할 수 없었던 것이다.

"나는 의뢰를 받았고, 이 근방 이곳저곳을 돌아다니고 조사하면서 알아낸 것이 있어."

첫째. 납치를 당한 여자들은 모두 처녀였다.

둘째. 개중에서도 이제 막 월경을 시작한 처녀를 고른다.

셋째. 일주일에 한 명 꼴로 납치를 한다.

"이거야. 그리고 오늘이 그날이었어."

"그럼 리샤를 계속 지켜봤다는 건가요?"

"그랬으면 리샤가 납치를 당하지 않았겠지? 내가 그렇게 나쁜 사람으로 보이니? 가만히 있었겠어, 내가?"

"으음. 그렇군요."

"그때 나는 헛다리를 짚고 있는 중이었어. 잡혀갈 것 같은 여자애를 감시하고 있었거든."

리샤가 아닌 다른 소녀를 감시하고 있었다는 말이었다.

"그런데 아니었지 뭐야. 리샤가 납치당했더라고."

그러면서 란시아는 여관주인을 노려봤다.

"설마 그렇게 예쁘장하고 가슴 큰 여자애가 처녀였을 줄 누가 알았겠어?"

"흡!"

"아주 자아알 지키셔서 남 좋은 일 시키셨네요. 납치나 당하게 하고 말이야. 아버지로서 실격이야."

"……!"

"금지옥엽처럼 키운 것이 뭐가 아버지로서 실격입니까!"

여관주인이 바락바락 대들었다.

하지만 란시아는 눈 하나 깜짝 하지 않고 반박했다.

"내가 딸이었으면 엄청 숨 막혔을 것 같은데. 그게 딸의 행복이야? 네 자기만족이고 네 행복이었겠지?"

"……."

여관주인은 얼굴이 붉으락푸르락 해졌음에도 불구하고, 반박할 말이 없어 입을 다물어야 했다.

경식 일행이 보기에도, 란시아가 맞는 말 같았다.

[하긴. 한국에서나 15살이 미성년자지, 여기서는 결혼을 해도 될 그런 나이였구나.]

그 말에, 슈아가 마치 구미호의 말을 들었기라도 하듯 말을 이어 붙였다.

"귀족 사이에선 18세쯤이 결혼 적령기야. 20세나, 23세를 넘기는 경우도 있어."

"아니 그걸 왜 갑자기 변명하듯 말하는 거야?"

"나, 나는 아직 결혼 적령기가 아니라는 거야!"

"그래서 뭐?"

"뭐!"

"응?"

"왜?"

"어?"

"뭐어어!"

아니 이 계집애가 왜 이러지?

경식이 머리를 긁적이며 란시아와의 말을 계속 이어 나갔다.

"그래서, 헛다리짚었던 여자아이는 누구인데요? 이 여관에 있는 여자였어요?"

그 말에, 란시아가 한숨을 푹 내쉬며 고개를 끄덕였다.

"그랬지. 처녀일 수밖에 없는 그런 아이여서 눈여겨보고 있었는데, 리샤가 타깃이 될 줄 누가 알았겠어?"

"그러니까 그게 누구였습니까?"

"그러게. 누구였을까……?"

란시아가 그리 말을 하며 누군가를 빤히 쳐다보았다.

한 명을 제외한 모든 이의 이목이 란시아의 시선을 따라 이동했다.

그곳엔 푸른 머리의 소녀가 놀란 토끼 눈을 한 채 멍청한 표정을 짓고 있었다.

슈아였다.

"뭐, 뭐어어어?"

"나야말로 뭐어어어? 거든? 어떻게 그렇게 가슴이 작은 주제에 처녀가 아닐 수가 있니?"

"어버버. 어버버버."

그 말에, 제이크가 눈을 부릅뜨며 크게 진노했다.

"이노오오옴! 제레노 집사가 너를 어떻게 키웠는데! 결혼도 안 한 처자가 처녀가 아니라니!"

그 말에 란시아가 어깨를 으쓱였다.

"뭐 그럴 수도 있지요. 나도 귀족이여서 아는데, 그쪽 바닥도 꽤나 문란한 거 알잖아요?"

"에리오르슈 가문은 그럴 수 없다! 그럴 수 없단 말이다!"

"그거야 당신 생각이고. 뭐, 저 녀석도 나름 예쁘장하니까, 가슴이 아무리 작아도 찾아보면 파트너는 구할 수 있었을 것 같은데, 뭘."

"······."

그것을 계속 듣던 슈아의 얼굴이 홍당무처럼 붉어졌다.

경식은 그런 슈아를 보며, 다독이듯 머리를 쓰다듬어 주었다.

"뭐…… 그게 음…… 난 충분히 그럴 수 있다고 생각해."

그제야 정신을 차린 슈아가 빽 고함을 질렀다.

"뭐가 그럴 수 있다고 생각해! 그러면 안 되지!"

"안 되는데 왜 그랬니?"

"뭐가 왜 그래요! 나, 나는…… 나는!"

슈아의 얼굴이 붉어질 대로 붉어졌다.

이성적인 사고를 지향하는 마법사. 그것도 천재라고 자부하며 다니던 그녀에게 이 한마디는 엄청난 파격에 가까웠다.

"숫처녀란 말이야!"

그 말에, 란시아가 고개를 끄덕였다.

"호오, 그랬구나? 뭐 처녀면 처녀인 거지. 그게 당연하기도 하고."

"뭐가 당연해요!"

"아니 뭐 전체적으로 보면…… 말하면 상처 받는데 굳이 내가 말을 해야겠니?"

"뭔데요!"

"가슴이 작잖아!"

"아직 성장기라고요!"

"리샤도 그럼 성장기였겠구나?"

"그, 그……."

"포기해. 내가 좋은 아이템 소개해 줄게. 그냥 장난으로 사 본 거고 난 전혀 필요 없는 건데, 이게 항간에 유행하는 뽕이라는 건데……."

"아니 지금 애 두고 무슨 말을 하는 겁니까, 지금!"

경식이 고함을 지르자, 그제야 란시아가 빙긋 웃으며 뒤로 물러났다.

나름 경청(?)하고 있던 슈아는 뭔가 아쉽다는 눈빛을 뒤로 하며 침을 꼴깍 삼켰다.

"에헴. 다시 한 번 말하지만, 저는 청렴결백한 처녀예요. 알았어, 오라버니?"

째릿!

그 말에, 경식이 고개를 크게 주억거렸다.

"아, 알았어. 알았다고?"

"흥!"

"……."

쟤가 요즘 왜 저러는지 모르겠다.

그런 생각을 하는데, 란시아가 그렇다면 다행이라는 듯 손뼉을 짝 쳤다.

"그럼, 네가 일주일 후에 잡히면 되겠네!"

란시아는 지금 생각난 계획을 즉석에서 말해 주었다. 말을 하면서 그럴듯하게 살을 붙이자, 꽤나 괜찮은 계획이 되었다.

요는, 슈아가 미끼가 되어 잡혀가는 내용의 계획이다.

"내가 왜요!"

슈아가 화들짝 놀라며 손사래를 쳤다.

"제가 왜 그래야 하죠?"

"왜냐하면~음~~"

그 말에, 란시아가 야릇한 손길로 슈아의 귓바퀴를 간질이며 말했다.

"처녀니까? 증명해야 하니까?"

"......"

란시아는 결국 그렇게 미끼가 되기로 했다.

*　　　*　　　*

"크으으윽!"

뚝. 뚝뚝.

아그츠는 자신의 입에서 흘러나오는 피를 닦으며 뒤로 물러났다.

그의 앞에는 하늘색 머리를 치렁치렁 풀어헤친 청년 하나가 유들유들하게 웃으며 다가오고 있었다.

"알스…… 슈비츠……!"

"유언으로는 상당히 과분한 단어인데, 그거."

알스는 씩 웃으며 휘적휘적 걸어왔다. 그의 손에는 이미 공기를 얼려버릴 듯한 한기를 머금은 연기가 불꽃처럼 피어오르고 있었다.

"분명…… 괴물이었을 터!"

"그러길래 내가 조금 기다려 달라고 했잖아. 조금 기다렸으면 이렇게 멀쩡하게 나와서 다 작살내 주었을 텐데."

그를 따르던 수행원들은 이미 이 세상의 사람이 아니었다. 알스의 손길에 모두 다 얼음이 되었고, 깨어져 나갔다.

그리고 그것은 아그츠 역시 마찬가지일 것이 분명했다.

아그츠가 이를 악물며, 아무것도 쥐어져 있지 않은 손아귀를 꽈악 눌러 쥐었다.

"검만…… 나의 검만 있었어도."

순간 경식을 떠올리며 빠득 이를 갈아 본다. 하지만 경식이 부러뜨린 검은 다시 돌아오지 않는다.

"이렇게까지…… 이렇게까지 내몰릴 줄이야."

그는 자신의 미천을 다 드러내야만 한다는 것을 자각했다.

그렇게 하고서도 도망밖에 치지 못한다는 게 통탄할 뿐이었다.

아그츠가 자신의 왼손을 펼쳤다.

검을 휘두를 때에도 사용하지 않던 그의 왼손은 과연 굳은 살 하나 없이 깨끗했다.

그런데, 그 손바닥에 갑자기 없던 상처가 벌어지기 시작하더니 피가 뚝뚝 떨어져 내렸다.

성혈.

그것이 바닥에 뚝뚝 흘러내렸다.

"……!"

장난감을 가지고 노는 어린아이의 표정이던 알스가 눈을 부릅뜨며 뒤로 물러났다.

곧이어 성혈이 있던 곳에 지름 2미터에 달하는 빛기둥이 뚝 떨어졌다.

좌아아아!

그것이 아그츠를 감싸더니, 하늘 위로 둥실 떠오른다.

"다음엔. 전력을 다하마."

아그츠는 그 말을 끝으로 위로 올라가 버렸다.

"……흐음."

혼자 남게 된 알스는 머리를 긁적이더니, 다시 무료한 표정을 지으며 잔디에 털썩 주저앉았다.

한참을 그렇게 앉아서 멍하니 하늘을 바라보고 있는데, 인기척이 들려 왔다.

알스가 혼잣말 하듯 중얼거렸다.

"뭐하는 새끼였을까?"

누군가가 그 물음에 대답하였다.

"이단심문관입니다. 아그츠. 신성을 받아들인 몇 안 되는 교단의 열쇠이지요."

"왜 날 잡으러 왔어?"

"제국이 배신을 했나 봅니다."

"그리고 넌 왜 이렇게 늦었어?"

"몇 시간 전까진, 당신은 의식이 없었습니다. 그러니 찾을 수 있을 리가 없지요."

말을 끝마친 테카르탄이 알스에게로 다가왔다.

알스는 멍한 눈빛으로 테카르탄을 바라보며 말했다.

"구각랑이라는 놈. 내가 먹었어."

몸의 주도권이 다시금 알스에게 돌아왔고, 덕분에 괴물 같던 몸 역시 인간의 형상으로 돌아온 것이다.

테카르탄이 고개를 끄덕이며 말을 이어 갔다.

"잘하셨습니다. 하지만 또다시 날뛸 수 있으니 조심에 조심을 기해야 합니다."

"그래야지. 그런데 말이야."

스으으으으읏.

쩍. 쩌저저적.

바닥을 짚고 있던 알스의 오른손에서 한기가 밀려 와, 주변의 모든 것을 얼리기 시작했다.

"지금 내가 널 죽일 수 있나?"

그 말에, 테카르탄이 씩 웃으며 말했다.

"십 중 무."

"지랄하네. 얼마나 강하다는 거야."

알스가 기분 좋게 웃으며 벌러덩 누워버렸다.

"어디로 가냐 이제."

"제국의 수도로 갑니다."

"거기엔 어떤 영혼이 있는데?"

그 말에, 테카르탄이 씩 웃으며 말을 이어 갔다.

"그 어떤 영혼보다도 당신과 어울리는, 어둠 속 흑진주 같은 녀석이지요."

"비유가 좋네. 암흑 속 흑진주."

알스의 입꼬리도 씩 말려 올라갔다.

경식이 수도에 도착하기 하루 전에 있었던 일이었다.

〈다음 권에 계속〉